成語兒歌與猜謎

陳正治 教授 著

五南圖書出版公司 印行

作者簡介

陳正治　教授

出生與籍貫

西元一九四三年生於臺灣苗栗白沙屯，現定居台北市

現　職

臺北市立教育大學應用語文研究所兼任教授

國立政治大學中文系兼任教授

學　歷

國立臺灣師範大學國文研究所

經　歷

臺北市立師範學院語文系教授兼系主任

臺北市立師範學院應用語文研究所所長
中國文化大學中文系兼任教授
國立空中大學兼任教授
玄奘大學進修推廣部兼任教授
僑委會中華函授學校「修辭學」課程教授
國立編譯館國小國語科編審委員

代表著作

◎《成語兒歌與猜謎》、《國語文教材教法》、《兒童詩寫作研究》、《童話寫作研究》、《修辭學》、《兒童文學》、《兒歌理論與賞析》
（以上為五南圖書公司出版）
◎《全方位作文技巧》、《有趣的中國文字》、《猜謎識字》、《陳正治作文引導》（以上為國語日報社出版）
◎《兒歌ㄅㄆㄇ》（親親出版社出版）
◎《小朋友寫童話》（富春出版）
◎《聰明小童話》（天衛出版）
◎《童話理論與作品賞析》（臺北市立師院出版）
◎《搶救大白鵝》（小兵出版社出版）
◎《怎樣應用中文工具書》（復文出版社出版）

《成語兒歌與猜謎》自序

二〇〇七年我的《兒歌理論與賞析》一書在五南圖書出版公司出版後不久，接到了五南圖書公司主編黃文瓊小姐的來電。大意是說：「印象中，兒歌只是供給兒童喃喃學語，抒情尋樂或認識花草鳥獸等知識而已，看了《兒歌理論與賞析》一書，才知道『兒歌』像麻雀一樣，形體雖小倒也五臟俱全；它跟一般文學作品一樣，也可以表現文化、文學、語言的特色。這種富有韻律、淺顯、精緻、有趣的文體，長久以來都被人們忽略。五南圖書公司想利用兒歌的形式，結合傳統文化中的『成語』，並配合文學及語言，出版一本《成語兒歌與猜謎》，讓兒童在輕鬆、愉快的氣氛下閱讀或朗誦，獲得文化、文學、語言等知識。請你來擔任這件撰寫工作好嗎？」

我覺得這個構想很有創意，也很有意義，於是答應讓我考慮考慮再做決定。在考慮中，我想起了兒歌與語文教學的事。凡是讀過國立編譯館編的《國小國語教科書》的人，幾乎都會背誦以下這篇課文：

爸爸捕魚去

天這麼黑
風這麼大
爸爸捕魚去，
為什麼還不回家？
聽狂風怒號，
真叫我們害怕。
爸爸！爸爸！
我們心裡多麼牽掛。
只要您早點兒回家，
就是空船也罷！

我的好孩子，
爸爸回來了！

你看船艙裡，
裝滿魚和蝦。
努力就有好收穫，
大風大浪不用怕。
快去告訴媽媽，
爸爸已經回家！（註）

這首兒歌，第一小節寫的是「孝子掛念父親安危的心聲」，後一小節寫的是「慈父勤勞、愛家的的形象」；文化上屬於「父慈子孝」的倫理關係。文學上，採用一問一答的結構，把情節表達出來；文句方面應用了對偶、設問、轉化、呼告、誇飾、類疊等等修辭法；語言採用淺顯、押韻的口語。由於內容好，表達自然，再加上押韻，兒童朗朗上口，因此，許多讀過此課文的人，長大了，也多能背誦這一課。如果成語的素材也應用兒歌的形式來表現，似乎也可以讓兒童在朗誦中獲得文化、文學、語言的素養。尤其最近，大家忽略成語的教學，社會人士和學生誤用成語的很多，如果這本書能夠為「式微」的成語盡一些綿力，也是一件功德的事，於是決定寫一首兒歌試試。

一個星期後，我以「螳螂捕蟬」的成語為題，寫了一首〈螳螂與黃雀〉的成語兒歌寄給她，看看是否符合她的期望。兒歌內容是這樣的：

螳螂與黃雀

小知了，愛歌唱，
吱吱吱吱唱不完。
唱不完，惹麻煩，
引來一隻大螳螂。

大螳螂，心歡歡，
躡手躡腳要捕蟬。
要捕蟬，舉雙刀，
對準知了就要砍。

大黃雀，跟後方，
衝來抓住大螳螂。
大螳螂，沒吃蟬，
反成黃雀的大餐。

（猜一句成語）
謎底：螳螂捕蟬。
（應用摹況、頂真、擬人、對偶、類疊、借代等修辭法寫作）

黃小姐看了很滿意，就說：「我們就是要這種作品。」於是雙方簽訂出版契約書，我也開始夜以繼日構思猜謎式的成語兒歌。經過一年多的絞腦汁，白了許多頭髮，終於交出五十首成語兒歌，並設計猜謎、兒歌賞析及提供閱讀測驗評量，讓兒童從每首兒歌裡，獲得文化層次、文學層次及語言層次的認識，以提升兒童語文能力。

黃小姐很重視這個企畫，還特別邀請臺灣師範大學國文系潘麗珠教授親自朗讀這些兒歌，發揮了兒歌的聲情美，使它成為指導兒童朗誦的示範書；又請了專業美術人員設計版面和插畫，使其成為賞心悅目的知識讀本。編製時，適逢臺北縣教育局為了提升臺北縣國中小學生的國語文能力，邀請文壇大老余光中教授協助編輯國內首創的國中小學「韻文讀本」，於二〇〇九年二月開學時供應臺北縣的學生閱讀。能在大家注意韻文教學的時空裡，五南圖書公司出版這本《成語兒歌與猜謎》，相信這是一件非常有意義的事。

陳正治寫於二〇〇九年三月十六日

註：本首兒歌引用一九九一年版本。歷屆版本詞句略有更動。如四、五十年代的版本，末幾句有：「滿船魚和蝦，你看有多少？我的好寶寶，可以吃一飽。爸爸雖辛苦，只要寶寶笑。」及「滿船魚和蝦，你看有多少？賣魚買米布，生活可溫飽。爸爸不怕累，只要大家好。」

目錄

第三回

答案：1（2）2（3）3（1）4（4）5（4）6（1）7（4）

第四回

答案：1（3）2（2）3（1）4（2）5（3）6（4）7（1）

第五回

答案：1（4）2（1）3（3）4（2）5（3）6（4）7（1）

第六回

答案：1（3）2（1）3（4）4（2）5（3）6（2）7（4）

第七回

答案：1（3）2（4）3（4）4（2）5（1）6（3）

第八回

答案：1（3）2（4）3（2）4（2）5（4）6（1）7（3）

第九回

答案：1（3）2（2）3（4）4（1）5（2）6（3）7（2）

第十回

答案：1（3）2（3）3（1）4（2）5（2）6（4）7（4）

第十一回

答案：1（4）2（1）3（3）4（2）5（2）6（3）7（1）

第十二回

答案：1（4）2（2）3（1）4（2）5（3）6（2）7（4）

第十三回

答案：1(3)2(1)3(4)4(2)5(3)6(2)

第十四回

答案：1(2)2(2)3(1)4(4)5(4)6(3)7(1)

第十五回

答案：1(2)2(2)3(3)4(4)5(1)6(3)

第十六回

答案：1(4)2(2)3(1)4(4)5(3)6(1)

第十七回

答案：1(3)2(2)3(4)4(1)5(2)6(3)

第十八回

答案：1(2)2(1)3(4)4(3)5(3)6(1)7(2)

第十九回

答案：1(3)2(1)3(2)4(4)5(3)6(1)7(2)

第二十回

答案：1(4)2(1)3(2)4(3)5(4)6(2)7(3)

兒歌題目次

成語目次

一、誰最偉大

春天來了河水漲，
對岸牛馬看成羊。
河伯看了笑哈哈，
自誇天下最偉大。

河伯來到大海邊，
看到大海大無邊。
發覺自己井底蛙，
低頭讚嘆海洋大。

海神聽了微微笑，
他對河伯說真話：
「跟那天空比起來，
我是天空一粒沙。」

海邊有個野小孩，
高舉一手說大話：
「天已被我蓋住了，
我是天下最偉大。」

兒歌品嘗

一、猜一句成語？　謎底：（　　　　）

一手遮天

解釋　比喻瞞上欺下的惡劣行徑。遮：遮擋。

例句　俗話說：「紙包不住火的」，你做了壞事，別想一手遮天，趕快自首吧！

相似　掩人耳目、瞞天過海

相反　光明正大

接龍　一手遮天→天長地久→久而久之

修辭賞析

伸出一隻手可以把天遮住，你相信嗎？如果有這樣做的人，除了不自量力以外，你以為他是怎樣的一個人？說謊成性、不知天高地厚？或是仗恃權勢，玩弄騙人的手段，蒙蔽眾人的耳目？這首兒歌採用映襯結構，分寫自大、謙虛和不自量力等三種人的個性和作法，供小朋友朗誦、欣賞，看看哪種人才是最偉大？哪一種人是玩弄騙人的手段，蒙蔽群眾？全首兒歌活用婉曲、轉化、類疊、譬喻、層遞、誇飾、映襯等修辭法來寫作。

兒歌第一小節有四句，第一、第二句：「春天來了河水漲，對岸牛馬看成羊」，要表達的是「春天來了，冰雪融化了，河水多了，河流變得好寬」的意思。句子中不直接說「河流變寬」，而改用「對岸牛馬看成羊」表示河流太寬，看不清對岸的東西。這是應用婉曲修辭法的「曲折」技巧寫出的。

第三、第四句：「河伯看了笑哈哈，自誇天下最偉大」，是寫河伯的高興和自大。「河伯」指的是黃河，黃河不是人，不會笑也不會講話，現在把它當作人來看，說它好高興、愛自誇，這是應用轉化修辭法的「擬人」手法來寫，使文句生動、有力。

第二小節「河伯來到大海邊，看到大海大無邊。發覺自己井底蛙，低頭讚嘆海洋大」的句子，「大海」一語，隔句反覆出現，應用了類疊修辭法的「類字」技巧寫作，可以加強對大海的驚訝和讚嘆。「發覺自己井底蛙」這句，意思是發覺，好像活在井裡的青蛙，不知道井外世界的情形一樣。譬喻修辭法的三個要素是：本體、喻詞、喻體。這句話中，「自己見識狹小」是句子的本體，「井底蛙」是喻體，喻詞省略，為譬喻修辭法的「略喻」。

第三小節「海神聽了微微笑，他對河伯說真話：『跟那天空比起來，我是天空一粒沙。』」這段話中，海神和河伯都是轉化修辭法中的「擬人」；「微微笑」的「微」字反覆出現，屬於類疊修辭法中的「疊字」。「跟那天空比起來，我是天空一粒沙」的句子裡，「我是天空一粒沙」意思是「我小得像天空的一粒沙一樣」。把喻詞的「像」字，改成「是」字，這是屬於譬喻修辭法的「隱喻」。

以上三小節，先敘述黃河很寬，再敘述大海很大，最後敘述天空更大；這種一層比一層更大的安排，屬於層遞修辭法的「遞升」。

第四小節「海邊有個野小孩，高舉一手說大話：『天已被我蓋住了，我是天下最偉大』」，這段話應用了誇飾和映襯的修辭法。小孩舉手遮天，事實上遮不了天，他卻說：「天已被我蓋住了」，這是誇飾修辭法的「誇大」；顯現這個小孩狂妄、沒有知識。由這小孩的舉動，也可以體會出「小」、「大」的對比，屬於映襯修辭法的「對比」技巧。

「一手遮天」的表面意思是舉起一隻手，把天遮住了，這是騙人騙己的行為，因此這句話就比喻為獨斷獨行，瞞上欺下的惡劣行為。

兒歌品嘗

二、你能指出本首兒歌應用了幾種修辭法嗎？

一、謎底：一手遮天

二、本首兒歌應用了婉曲、轉化、類疊、譬喻、層遞、誇飾、映襯等修辭法。

二、抵押品

孫悟空，陪三藏，
往西天，求佛經。
路上遇到紅孩兒，
三昧真火燒傷了身。

悟空來到普陀寺，
懇求觀音滅妖精。
菩薩要求抵押品，
才給淨瓶收妖精。

悟空搖頭嘆氣說：
「虎皮裙，不值錢，
金箍棒，要護身，
就押頭上的緊箍圈。」

緊箍圈，鎖悟空，
菩薩不要這東東。
看中悟空腦後毛，
要他拔一根來換瓶。

菩薩提出救命毛，
悟空搖手說不行。
菩薩罵他鐵公雞，
說他吝嗇又小器。

兒歌品嘗

一、猜一句成語？　謎底：（　　　　）

一毛不拔

解釋　形容人非常的吝嗇，連一根細毛也不願意拔下來。

例句　你們說，誰會喜歡凡事一毛不拔的人？

相似　愛財如命

相反

一擲千金、揮金如土、慷慨解囊

接龍

一毛不拔→拔刀相助→助長聲勢

修辭賞析

一個人的身上有好幾千根毛髮，如果有人說，你的毛髮很有價值，可以救大眾，請你捐出一根毛髮來，你肯不肯？如果你不肯，可能會被人認為你是「一毛不拔」的人，也就是你是極端吝嗇和自私的人。「一毛不拔」是形容一個人極端吝嗇、自私的貶義詞，不過，〈抵押品〉這首兒歌，表面是寫孫悟空一毛不拔，被觀音菩薩罵為鐵公雞，實質上孫悟空的那根救命毛是觀音菩薩給的，要保護唐三藏去西天取經，跟普通人的毛髮不一樣。這兒的故事，只是觀音菩薩和孫悟空開的玩笑而已，除了表示觀音菩薩的幽默外，也表現了孫悟空的負責盡職態度。本首兒歌活用了示現、類疊、頂真、借代等修辭法來寫作。

這首兒歌敘述孫悟空陪三藏，往西天求佛經，遇到紅孩兒而被燒傷了身。悟空到普陀寺，懇求觀音滅妖精。菩薩要他拔一根救命毛當抵押品，悟空搖手說不行。菩薩罵他鐵公雞，說他吝嗇又小器。這個故事是《西遊記》裡的小故事，屬於幻想的小說，也就是故事是編出來的，實際上並沒有孫悟空求觀音菩薩的事。這種把幻想的事，說得好像真的一樣，繪形繪聲的表現出來，就是應用了示現修辭法中的「懸想示現」手法。

第二小節的「悟空來到普陀寺，懇求觀音滅妖精。菩薩要求抵押品，才給淨瓶收妖精」句子中，「滅妖精」和「收妖精」的詞語中，「妖精」一詞，隔離反覆出現，應用了類疊修辭法的「類字」手法表達。反覆出現的詞語，目的是為了強調；這兒「妖精」一詞的反覆出現，便是強調「妖精」帶來的禍害。

第三節：「悟空搖頭嘆氣說：『虎皮裙，不值錢，金箍棒，要護身，就押頭上的緊箍圈。』」第四小節的「緊箍圈，鎖悟空，菩薩不要這東東。看中悟空腦後毛，要他拔一根來換瓶。」這兩小節的連鎖詞是「緊箍圈」這三個字，它是「段與段之頂真」，也就是「段間頂真」。「菩薩不要這東東」，「東東」就是「東西」，「東」字重疊，屬於類疊修辭法中「疊字」的應用。除了押韻外，還兼有看不上的意思。

第四小節「菩薩罵他鐵公雞，說他吝嗇又小器。」「鐵公雞」的意思是小器，這是借代修辭法的應用。

兒歌品嘗

二、你能指出本首兒歌應用了幾種修辭法嗎？

一、謎底：一毛不拔

二、本首兒歌應用了示現、類疊、頂真、借代等修辭法。

三、誰偷了雞鴨鵝

農夫屋後有一座山丘，
山丘上住了一群貉。

一隻偷走了農夫的雞，
一隻偷走了農夫的鴨，
一隻偷走了農夫的鵝。

農夫問山丘上的貉：
「誰偷走了我的雞？
誰偷走了我的鴨？
誰偷走了我的鵝？」

牠們都說：
「不是我，
不是我。」
農夫對牠們無可奈何。

一、猜一句成語？　謎底：（　　）

一丘之貉

解釋　本義是說同座山丘上的貉，比喻都是同一類的人，沒有什麼差別。丘：小土山。貉：一種長得像狐狸的動物。

例句　你們結夥做壞事，分明就是一丘之貉，別再狡辯了。

相似　狐群狗黨

貉是一種動物的名稱，形狀很像狸，毛深厚，可以做裘衣。「丘」是小土山。「一丘之貉」表面的意思是同一個山丘上的貉，指的是同一類，彼此相差不多；實質上它是貶義詞，比喻同一類臭味相同的壞人。本首兒歌應用事件舉證法，將它故事化、趣味化，以供小朋友更深入的體會。全首兒歌活用轉化、頂真、排比、設問、類疊等修辭法寫作。

這首兒歌中，讓一群貉做出像小偷一樣的事，偷雞、偷鴨、偷鵝；又會像人一樣的思考、講話，這種把事物轉變其原來性質，化成另一種本質截然不同的事物而加以形容敘述的，就是轉化修辭的應用。轉化修辭有擬人、擬物、擬虛為實法等三種。本首兒歌把貉當作人來描寫，屬於「擬人」的轉化修辭法。

開頭「農夫屋後有一座山丘，山丘上住了一群貉」的句子，「山丘」一詞在第一句的末尾，也出現在第二句的開頭，這是頂真修辭法中「句與句」之間的接榫，屬於「句間頂真」，目的除了可以使語言富有趣味及節奏美外，也可以使前後語意，自然而緊湊的銜接，並且層次分明。

第二小節的句子：「一隻偷走了農夫的雞，一隻偷走了農夫的鴨，一隻偷走了農夫的鵝」，以及第三小節的：「誰偷走了我的雞？誰偷走了我的鴨？誰偷走了我的鵝」，都屬於三句結構相同或相近的語句，排列一起以表達相關內容的修辭法，這是應用了「排比」的修辭技巧。排比的語句，可以增強語言的氣勢，也可以增加節奏美與和諧美。

「誰偷走了我的雞？誰偷走了我的鴨？誰偷走了我的鵝？」這三句，還應用了設問修辭法中的「懸問」技巧；其中「誰偷走了我的」這個短語，一再出現，又應用了類疊修辭法的「類句」技巧，增強農夫憤怒的心情。

兒歌品嘗

二、你能指出本首兒歌應用了幾種修辭法嗎？

一、謎底：一丘之貉

二、本首兒歌應用了轉化、頂真、排比、設問、類疊等修辭法。

四、熊小弟，學英語

熊小弟，學英語，
學會了ABC，
放下課本去遊戲。
一玩玩了幾星期，
忽然想起ABC，
趕忙又來學英語。

就這樣，
學學停停，停停學學。
十年後的熊小弟，
也只會ABC三個字母而已。

兒歌品嘗

一、猜一句成語？　謎底：（　　）

一暴十寒

解釋　晒一天，凍十天，比喻做事情缺乏恆心。

暴：晒。同「曝」。

例句　讀書要有耐心，不能一暴十寒，你知道嗎？

相似　三天打漁，兩天晒網

相反　持之以恆

接龍　一暴十寒→寒花晚節→節外生枝

孟子遊說梁惠王實行仁政，但是沒有被接納。學生們都認為梁惠王是愚昧、沒有智慧，不懂得應用人才的君王。孟子說：「不要以為君王是個愚昧無用的人，現在雖然有天下最容易生長的植物，但是只有一天曬太陽，十天卻受到冰凍，它也不能活。我跟君王的見面很少，我一退，寒冰就圍著君王，我又如何能改變君王呢？」「一暴十寒」說的就是這件事，比喻做事或學習沒有恆心，曠廢的時候多，勤奮的時候少，常常沒有功效。本首兒歌敘述「熊小弟，學英語，學會了ＡＢＣ，放下課本去遊戲」等事情，學學停停，終究一事無成，暗示出「一暴十寒」的寓意。本首兒歌活用了轉化、頂真、類疊、回文、誇飾等修辭法。

如果「熊小弟」指的是一隻熊，則這樣的稱呼，以及敘述這隻熊做些什麼事，這是應用轉化修辭法的「擬人」手法，把「熊」當人看而寫出的；如果「熊小弟」是一個姓熊的小朋友，是真人，那就不是轉化修辭法了。

「放下課本去遊戲。一玩玩了幾星期」的句子裡，「一玩玩了幾星期」中的「玩」字，看來好像是「疊字」，其實應該說是「頂真」的應用。把這句拆成兩部分來看，一部分是「一玩」的短語，另一部分是「玩了幾星期」，可見「玩」字在這兒是上下兩詞語的接榫詞，為頂真修辭法的「句中頂真」；就像李白寫的「抽刀斷水水更流，舉杯消愁愁更愁」詩句中的「水」和「愁」字是頂真一樣。

「就這樣，學學停停，停停學學，十年後的熊小弟，也只會A B C三個字母而已」這段句子，「學學停停，停停學學」前後句的詞語回環往復，這種語句屬於回文修辭法的應用。應用回文，除了構成回環往復的形似美，表現事物間的相互關係外，也是增強語意的一種修辭法。回文的修辭法，當然也因為詞語的反覆，也兼了類疊修辭技巧。

另外，學了十年的英語，還只會A B C三個字母而已，這樣的形容也有「縮小」的誇飾成分，這是應用誇飾修辭法寫出來的句子。

兒歌品嘗

二、你能指出本首兒歌應用了幾種修辭法嗎？

一、謎底：一暴十寒

二、本首兒歌應用了轉化、項真、類疊、回文、誇飾等修辭法。

五、國王和獵人

從前有個獵人，
射箭射得很準。
國王邀他一起去打獵，
他便跟著隊伍前進。

隊伍進了森林，
飛鳥野獸嚇得亂紛紛。
國王一箭一箭的射，
不是太遠就是太近。

天空出現了兩隻大雕，
國王射了幾箭都射不著。
國王遞了兩枝箭給獵人，
要獵人射下天空的雕。

獵人拿起一枝箭，
居然射下了兩隻雕。
國王問他射箭的技巧，
獵人卻說沒有什麼奧妙。

專心看著鳥，
鳥就大得像一座島；
鳥往前飛，
箭就要往前追；
一枝箭要射中兩隻鳥，
就要等待牠們重疊的機會。

國王聽了好高興，
他說治國也像打獵，
就是專心、考慮未來和把
握機會。

兒歌品嘗

一、猜一句成語？　謎底：（　　　）

一箭雙雕

解釋

比喻做一件事，可以達到兩項目標。雕：一

種性情兇猛的鳥類。同「鵰」。

例句　他想了很久，終於想出一箭雙雕的好主意。

相似　一舉兩得

相反　白費工夫、徒勞無功

接龍　一箭雙雕→雕蟲小技→技藝超群

鵰是一種凶猛的大鳥，射一枝箭，可以射中兩隻鵰，表示做一件事卻收到兩種效果，有「一舉兩得」的額外成就。一般來說，射空中的飛鳥已經不容易，現在可以一箭射到兩個目標，這種神射手，如何做到呢？本首兒歌就是要表達這個神箭手是如何達到的，也要表達他可以啟發我們什麼。全首兒歌應用對偶、摹況、類疊、示現、頂真、譬喻、跨飾、轉化等修辭法。

兒歌的第一小節介紹神射手的背景後，第二小節敘述故事的進行情形：「隊伍進了森林，飛鳥野獸嚇得亂紛紛。國王一箭一箭的射，不是太遠就是太近」的句子裡，綜合運用了對偶、摹況、類疊和示現的修辭法。「飛鳥」和「野獸」相對，為對偶修辭的「句中對」；飛鳥野獸嚇得如何？這兒敘述為「亂紛紛」，這是把飛鳥和野獸亂飛亂跑的情形描繪出來，屬於摹況修辭法的「視覺摹寫」；「國王一箭一箭的射」，「一箭一箭」是「一箭」這個短語的重疊，屬於類疊修辭法的「疊句」；故事中，把過去發生的事情，應用想像力加以繪形繪色的呈現出來，這是屬於示現修辭法的「追述示現」。

第五小節「專心看著鳥，鳥就大得像一座島；鳥往前飛，箭就要往前追」

的句子綜合運用了頂真、譬喻、誇飾、轉化等修辭法。「專心看著鳥，鳥就大得像一座島」這個複句，前句末尾的「島」字，為後句的開頭，「島」字為兩句的接榫詞，應用了「句間頂真」的頂真修辭法；說鳥好大，把「鳥」比喻為「島」，這是「譬喻」兼「誇飾」的修辭。「鳥往前飛，箭就要往前追」的句子，「箭」不是人，不懂得「追」，現在把它當作人，說它會「追」，這是用上了轉化修辭法的「擬人」技巧。

末段的句子：「國王聽了好高興，他說治國也像打獵，就是專心、考慮未來和把握機會。」「治國也像打獵，就是專心、考慮未來和把握機會。」如何治國?本體、喻詞、喻體都出現，這是應用了譬喻修辭法的「明喻」法寫出的。

兒歌品嘗

二、你能指出本首兒歌應用了幾種修辭法嗎？

一、謎底：一箭雙雕

二、本首兒歌應用了對偶、摹況、類疊、示現、頂真、譬喻、跨飾、轉化等修辭法。

六、一點點

楊老先生有個農場，
養雞養鴨又養羊。
造橋、鋪路、做好事，
賺的錢都捐光光。
朋友勸他也要為自己著想，
不要把錢捐光光。

楊老先生笑著說：
「我的算法不一樣。
雞可以再生蛋，
羊可以再生羊。
只要努力做事，
錢就千千萬萬。
捐出的這些錢，
就像九頭牛身上，
拔了一根毛一樣。」

小朋友，
想一想，
楊老先生的話裡，

引用什麼成語，說成一點點？

把一大堆錢，

兒歌品嘗

一、猜一句成語？　謎底：（　　）

九牛一毛

解釋 占極大數量中的小部分，比喻非常渺小。一毛：一根毛，比喻細小、微不足道的東西。

例句 他是大富翁，這些金錢對他來說是九牛一毛罷了。

相似

微不足道

相反

盈千累萬

接龍

九牛一毛→毛手毛腳→腳踏實地

要形容很少很少的時候，大部分的人都會想到「九牛一毛」這個成語。

本首兒歌中的楊老先生是個富有愛心、充滿樂觀、進取的曠達老人，他捐了所有存款去做好事，卻謙虛的說「捐出的這些錢，就像九頭牛身上，拔了一根毛一樣」。它的作法、想法，是不是可以供我們深思、效法？全首兒歌活用了對偶、類疊、婉曲、誇飾、譬喻、引用、設問等修辭法寫出。現在分析於下：

「楊老先生有個農場，養雞養鴨又養羊。造橋、鋪路、做好事，賺的錢都捐光光。朋友勸他也要為自己著想，不要把錢捐光光。」這一段的句子裡，有好多處用了「類疊」的修辭法。如「養」字的一再隔離使用，「捐光光」的隔離出現。應用類疊修辭，可以加強該詞語的語意，達到強調的作用。

第二段「楊老先生笑著說：『我的算法不一樣。雞可以再生蛋，羊可以再生羊。只要努力做事，錢就千千萬萬。捐出的這些錢，就像九頭牛身上，拔了一根毛一樣』」的句子裡，綜合運用了對偶、類疊、婉曲、誇飾、譬喻、引用等修辭法。

「雞可以再生蛋，羊可以再生羊」這是個字數相等，句法相似的「對偶」句，屬於上一個單句跟下一個單句相對的「單句對」；對偶句，可以使語言更具有節奏美及和諧美。兩個句子中，「可以再生」的短語反覆出現，這是類疊修辭法的「類句」的應用；「羊」字反覆出現，是類疊修辭法的「類字」應用。這些有加強語氣的效果。

「只要努力做事，錢就千千萬萬」這個條件複句，應用了「婉曲」、「誇飾」和「類疊」等修辭法。本來的語意是：「只要努力做事，錢就很多。」現在不直接說「錢很多」，而改說成「錢就千千萬萬」，這樣的表達應用了婉曲修辭法中「曲折」的表達技巧。「錢就千千萬萬」這句，「千千萬萬」的詞語，「千」跟「萬」重疊，屬於類疊修辭法的「疊字」；以「千千萬萬」形容錢多，也應用了誇飾的技巧。

「捐出的這些錢，就像九頭牛身上，拔了一根毛一樣」的句子裡，很明顯的應用了譬喻修辭法的「明喻」技巧。而這個譬喻，又是大家熟悉的「九牛一毛」成語的應用，只不過把它說成白話一樣；這是對引用的事件或話語，經過調整、增刪的變化，屬於引用修辭法中的「化引」技巧。

「小朋友，想一想，楊老先生的話裡，引用什麼成語，把一大堆錢，說成一點點？」這段句子裡，除了應用類疊修辭法外（如「想」字、「點」字的反覆），還應用了設問修辭法中的「懸問」技巧。

兒歌品嘗

二、你能指出本首兒歌應用了幾種修辭法嗎？

一、謎底：九牛一毛

二、本首兒歌應用了對偶、類疊、婉曲、誇飾、譬喻、引用、設問等修辭法。

七、三個人說老虎

張三說：

「東門出現一隻老虎，
老虎咬傷了孩子，
孩子想起老虎，
嚇得哇哇大哭。」

聽的人都不相信，
都說城裡哪有老虎！

李四說：

「西門出現一隻老虎，
老虎嚇壞了婦人，
婦人談起老虎，
嚇得不敢出門。」

聽的人都不相信，
都說城裡哪有老虎！

王五說：

「南門出現一隻老虎，

老虎咬死了路人。
老虎不知躲在何處，
隨時都會出來咬人。」

聽的人都相信了，
都說我們不要出門。

城裡有沒有老虎？
大家想一想，猜一猜，
就可以明白。

兒歌品嘗

一、猜一句成語？　　謎底：（　　　　）

三人成虎

解釋

比喻謠言一再的散播，會讓人以為是事實。

相似 曾參殺人

例句 俗語說：「三人成虎」，謠言真是可怕！

接龍 三人成虎→虎頭蛇尾→尾大不掉

一般來說，老虎是出現在深山、樹林中，不會到城裡來逛的，除非牠是剛從馬戲團或動物園跑出來。雖然城裡沒有老虎，但是只要三個人說老虎出現了，老虎咬死人了，聽的人就會信以為真。本首兒歌就是要描寫這樣的故事，讓小朋友去思考。全首兒歌活用示現、頂真、類疊、摹況、仿擬、錯綜、鑲嵌、映襯、設問、對偶等修辭法來表現，希望生動的把故事介紹出來。

示現修辭法是把過去、未來和想像的事物，為了讓聽者或讀者感動，於是打破時空限制，把不聞不見的事物，寫得好像就發生在眼前。這首兒歌中，讓張三、李四、王五說話，就是應用了示現修辭法而寫的。

張三說：「『東門出現一隻老虎，老虎咬傷了孩子，孩子想起老虎，嚇得哇哇大哭。』」這段話裡，綜合運用了頂真、類疊和摹況的修辭法。「老虎」一詞反覆出現，屬於類疊修辭法的「類字」；「東門出現一隻老虎，老虎咬傷了孩子」的「老虎」一詞，一次在前一句的末尾，一次在後一句的開頭，屬於兩句的「接榫」詞，這是應用了頂真修辭法的「句間頂真」；「嚇得哇哇大哭」的詞語，把嚇哭的情形用「哇哇」寫出，這是應用了摹況修辭法的「聽覺摹寫」技巧。

第二段李四說的話：「『西門出現一隻老虎，老虎嚇壞了婦人，婦人談起老虎，嚇得不敢出門。』」這句話的語調，很明顯的是模仿第一小節張三說的話，屬於仿擬修辭法中的「仿段」技巧；也就是依照已有的段落形式，模仿寫出新的語段來。採用仿擬修辭，也就可以表現聽信謠言的人常是「人云亦云」，不用頭腦辨別是非的特性。

第三段的形式，應用了錯綜修辭法中的「段落的錯綜」技巧，目的是為了讓語言富有變化，語句不呆滯。

錯綜修辭法的構成，通常具有「引導體」和「隨從體」。引導體就是指語言形式的先行單位，隨從體就是有別於引導體的變化語言。本首兒歌：「王五說：『南門出現一隻老虎，老虎咬死了路人。老虎不知躲在何處，隨時都會出來咬人。』聽的人都相信了，都說我們不要出門。」這段話是依照前二段的形式卻有所變化的隨從體，也就是用上了「段落錯綜」的修辭技巧。

第一段和第二段，敘述城裡有老虎，聽的人都不相信；第三段敘述城裡有老虎，聽的人卻相信。這樣的對比敘寫，有相互映襯的效果。

末段「城裡有沒有老虎?大家想一想，猜一猜，就可以明白」的句子，應用了設問、類疊、對偶等修辭技巧。「城裡有沒有老虎」，這是懸問的「設問」句，應用了設問修辭法；「想一想，猜一猜」，是句中的對偶兼類疊修辭的應用。

兒歌品嘗

二、你能指出本首兒歌應用了幾種修辭法嗎？

一、謎底：三人成虎

二、本首兒歌應用了示現、頂真、類疊、摹況、仿擬、錯綜、鑲嵌、映襯、設問、對偶等修辭法。

八、寫詩

宋朝有個神童，
名字叫方仲永。
三歲能讀書，
五歲能寫詩。

讀過的書，
就像印在腦子裡，
記得好牢好牢；
寫出的詩，
就像詩仙李白作的，
又快又好。

父親把他當作寶，
帶他到處去炫耀；
沒空讓他讀書，
無法繼續深造。

七年後，
他的詩，沒有從前好；
再七年，

他的詩，沒什麼奇妙。

小時候，聰明伶俐，

長大後，不一定成器。

猜猜哪一句話，

可以形容他？

兒歌品嘗

一、猜一句成語？　謎底：（　　）

小時了了

解釋

指小時候很聰明，表現優良。常和「大未必佳」連用，有諷刺的意思。了了：聰慧，能明白事理的意思。

例句

他不僅是「小時了了」，一直到現在還很優秀呢！

接龍

小時了了→了無牽掛→掛一漏萬

如果你被人說：「小時候的你，聰明伶俐，明白事理。」你是感到高興或感到難過？「小時了了」這句成語就是表面稱讚人家小時候聰明伶俐，明白事理，骨子裡卻暗示長大後不一定有用的意思。許多富有天分的兒童，由於後天缺乏努力，或是受到不正確的教育影響，長大後變成了普普通通的人，我們常稱呼他們是「小時了了」。本首兒歌應用鑲嵌、對偶、譬喻、錯綜、類疊、誇飾、借代、映襯、設問等修辭法，寫了一個這樣的人。

這首兒歌中，「三歲能讀書，五歲能寫詩」的句子，是綜合修辭法中的「套用」。在這個語言裡，以對偶修辭法為主，然後在這個修辭法裡，包含了鑲嵌修辭法。「三歲能讀書，五歲能寫詩」的句子，上下兩句，字數相等，句法相似，就是對偶修辭法中，上一單句與下一單句相對的「單句對」。應用對偶修辭，目的是使語言富有節奏美，容易記誦。句子中的「三」和「五」是故意插入的數字，以暗示神童方仲永很早就有文學才氣；這是屬於鑲嵌修辭法中的「鑲字」手法，目的是加強語意，增加情趣。

第二節中「讀過的書，就像印在腦子裡，記得好牢好牢；寫出的詩，就像詩仙李白作的，又快又好」的詩句，也是綜合修辭法中的「套用」。在這個語言裡，前後兩句的形式相似，屬於「對偶修辭」，但從字數、句法略有變化來看，兼有「錯綜」的修辭技巧。這兩個句子中，第一句要表達方仲永「讀過的書記得好牢」，詩歌中以「就像印在腦子裡」的明喻方式來表現，採用的是譬喻修辭法。其中以「印在腦子裡」來形容，又兼了「誇飾」；「記得好牢」的意思，詩歌中的「好牢」重疊一次，寫成「記得好牢好牢」，「好牢」屬於短語，這是類疊修辭法中的「類句」應用，除了有節奏美外，也加強了語意。第二句要表達方仲永「寫出的詩快又好」，詩歌中以「就像詩仙李白作的」來形容，屬於譬喻修辭法中的「明喻法」；「快又好」的前面加了一個「又」字，成為「又快又好」的短語，除了是「句中對」的對偶外，由於「又」字的隔離出現，它也用上了類疊修辭法中字詞隔離出現的「類字」修辭技巧。整個語言裡，除了以對偶修辭法為主外，還包含了譬喻修辭、誇飾修辭和類疊修辭。

第三節「父親把他當作寶」的句子，「本體」是「父親把他當做不可多得的人才」，現在寫成「父親把他當作寶」的詩句，以具體的「寶」字，代替抽象的「不可多得的人才」意思，屬於借代修辭中「具體和抽象相代」的修辭。

最後一節「小時候，聰明伶俐，長大後，不一定成器」的句子裡，小時候與長大後對比來寫，屬於映襯修辭法中「一方兩對比」的「對比」法。其中的「器」字，用的也是「具體和抽象相代」的借代修辭法，以具體的「器」字，代替抽象的「有用」意思。至於「猜猜哪一句話，可以形容他」的句子，應用設問修辭法中懸示問題而沒有答案，讓聽者或讀者去尋思答案的「懸問」（又叫做「疑問」）修辭技巧。

兒歌品賞

二、你能指出本首兒歌應用了幾種修辭法嗎？

一、謎底：小時了了

二、本首兒歌應用了鑲嵌、對偶、譬喻、錯綜、類疊、誇飾、借代、映襯、設問等修辭法。

九、補羊欄

楊家羊欄有一群羊，
一群羊撞壞了羊欄。
楊家沒修補羊欄，
卻忙著四處找羊。

楊家接二連三掉了許多羊，
搔頭抓耳不知怎麼辦。
鄰人過來看一看，
勸他趕快補羊欄。

楊家換了竹欄杆，
楊家補好了羊欄。
失去的羊雖然沒有找到，
但是再也沒有掉羊。

兒歌品嘗

一、猜一句成語？　謎底：（　　　　）

亡羊補牢

解釋　比喻出了差錯，能立刻想辦法補救，還不算太遲。

例句　你能夠亡羊補牢，這件事還是有希望的。

相反　未雨綢繆、防患未然

接龍　亡羊補牢→牢不可破→破門而入

修辭賞析

出了問題以後，師長們常常告訴我們要找出問題的根源，然後設法改進，免得再出大問題。他們常會用「亡羊補牢」這句話鼓勵我們。「亡羊補牢」是什麼意思呢？這兒應用頂真、鑲嵌、對偶、類疊等修辭法，把這故事告訴大家。

「楊家羊欄有一群羊，一群羊撞壞了羊欄。」這兩句詩歌裡，第一句末尾的「一群羊」短語（也叫做「詞組」），作為下一句的起頭，這種修辭方式，叫做「頂真」。應用頂真修辭法使前後句相連，它的作用是可以使前後語意自然而緊湊的銜接，並使語言富有趣味、節奏美和強調的作用。許多兒歌常用這種修辭法編製。例如〈月光光〉的客家兒歌：「月光光，好種薑。薑發芽，好種麻。麻開花，好種瓜。瓜長大，摘來賣。賣到三個錢，拿去學打綿……」中的「薑、麻、瓜、賣」等字，都是頂真修辭的應用。

「楊家接二連三掉了許多羊」，其中的「二、三」等數目字，插在「接連」的詞裡，成了「接二連三」的新詞語，便是鑲嵌修辭法的「鑲字」，他的作用是加強接連掉羊的語意，並使語氣和緩和富有情趣。

「搔頭抓耳不知怎麼辨」這句話中的「搔頭抓耳」，「搔頭」和「抓耳」相對，屬於對偶修辭法的「句中對」，也就是一個句子中，兩個詞語的自相成對。唐朝詩人陸游的〈遊山西村〉，有「山重水複疑無路，柳暗花明有一村」的詩句，「山重」和「水複」是句中對；「柳暗」跟「花明」也是句中對。這種相對，可以使語言富有節奏美，朗誦起來也容易記住。

「楊家換了竹欄杆，楊家補好了羊欄」這句話中的「楊家」一語，反覆出現，屬於類疊修辭法中同一個語句隔離出現的「類字」。使用類疊修辭法，可以貫串文意，收到呼應和強調語意的效果。

兒歌品賞

二、你能指出本首兒歌應用了幾種修辭法嗎？

一、謎底：亡羊補牢

二、本首兒歌應用了頂真、鑲嵌、對偶、類疊等修辭法。

十、狐狸和兔子

狐狸和兔子，
都住草原裡。
狐狸想吃兔子，
兔子卻躲在窩裡。

狐狸對兔子說：
「兔小弟，兔小弟，
我們是鄰居，
我來拜訪你。」
兔子躲在窩裡，
嚇得不敢喘氣。

狐狸又說：
「兔小弟，兔小弟，
紅蘿蔔，送給你，
請你出來拿進去。」
兔子聽了，
半信半疑。

狐狸接著說：

「兔小弟，兔小弟，
身上穿著白大衣，
走起路來好神氣。」
兔子聽了，
腳步往前移。

狐狸又說：
「山下有個兔公主，
上山拜訪兔王子。
兔小弟，快出來，
公主已來拜訪你。」

兔子聽了跳出洞口，
狐狸看了上前捉走。

兒歌品嘗

一、猜一句成語？　　謎底：（　　　　　）

口蜜腹劍

解釋　比喻嘴巴說得動聽，其實內心狡詐陰險。

例句　我們千萬不能和口蜜腹劍的人交朋友。

相似　笑裡藏刀

相反　表裡如一

接龍　口蜜腹劍→劍拔弩張→張冠李戴

選舉的時候，大家常常是根據候選人發表的政見來投票。但是，有的人口才好得很，開出的支票、討好聽眾的話，簡直像蜂蜜那樣甜。聽眾在這甜蜜的話語下，常常如醉如痴的投他票。如果這個口才好，本質卻是貪婪的人當選了，常常只是肥了他自己，害慘了大眾。在我們的成語中，有哪一句話可以形容他呢？請看〈狐狸和兔子〉這首兒歌。

這是一首富有寓意的故事兒歌，告訴小朋友們，滿口甜蜜的話，也許暗藏著害人的心意；要小朋友注意「表裡不一致」的人，別只聽好聽的話。全首兒歌活用示現、轉化、類疊、摹況、誇飾、借代、婉曲等修辭法來表現。

把想像的故事，敘述得像正在眼前進行一樣，這是應用了示現修辭法中的「懸想示現」技巧。

狐狸和兔子都住草原裡，狐狸想吃兔子，兔子卻躲在窩裡。狐狸想讓兔子離開兔窩，對兔子又哄又騙，可憐的兔子，相信了甜言蜜語，結果上了狐狸的當。全首兒歌，把狐狸和兔子當作人來處理，這是應用了轉化修辭法的「擬人」手法來寫的。

第二小節的狐狸對兔子說：「『兔小弟，兔小弟，我們是鄰居，我來拜訪你』。兔子躲在窩裡，嚇得不敢喘氣。」這段話裡，除了應用示現、轉化等修辭法外，還用了類疊、摹況及誇飾的修辭法。「兔小弟，兔小弟」，這是類疊修辭法的「疊句」手法；「兔子躲在窩裡，嚇得不敢喘氣」，用了誇飾和摹況的修辭法。兔子不敢喘氣，那不是會窒息而死？可見這是誇大的敘述，不是事實。而形容兔子的害怕情形，用「不敢喘氣」，這是摹況修辭的「視覺摹寫」。

第四小節中狐狸接著說：「『兔小弟，兔小弟，身上穿著白大衣，走起路來好神氣。』」這段話中的「白大衣」，指的是兔子身上的白毛，這是「借代」的修辭技巧；「兔子聽了，腳步往前移」，表示兔子接受狐狸的讚美，也相信狐狸是兔子的朋友。這是婉曲修辭法中的「曲折」技巧。如果不這樣寫，改寫成「兔子聽了，就相信了狐狸的話」，便缺少了藝術美。

末尾的「兔子聽了跳出洞口，狐狸看了上前捉走」的句子，「狐狸看了上前捉走」，表示狐狸把兔子吃掉的意思。這是婉曲修辭法中換句話說的「曲折」技巧。

兒歌品賞

二、你能指出本首兒歌應用了幾種修辭法嗎？

一、謎底：口蜜腹劍

二、本首兒歌應用了示現、轉化、類疊、摹況、誇飾、借代、婉曲等修辭法。

十一、青蛙和蚊子

井裡有隻大青蛙，
牠沒有見過花草樹木，
牠沒有見過高山大河，
一天到晚只會自誇：
「我游幾下就到天涯。」
蚊子飛來告訴牠，
井外的世界更廣大。

青蛙說：「你別說謊話，
天只有井口大，
世界就在水井下。」

一、猜一句成語？　謎底：（　　　　　　）

井底之蛙

解釋　比喻見識淺薄的人。

例句　拒絕吸收新資訊的人，小心成為井底之蛙。

相似　坐井觀天、孤陋寡聞

相反　見多識廣、博學多聞

接龍　井底之蛙→蛙鼓蟲吟→吟詩作對

如果你對從小就住在井裡的青蛙說：「大海很大。」牠是不會瞭解大海有多大的。為什麼？因為牠見聞狹小，沒辦法體會出來。一個人如果被稱為「井底之蛙」，就是被人認為見識狹小的人。本首兒歌活用轉化、誇飾、對偶、類疊等修辭法，把這故事鋪寫出來，供小朋友欣賞。

描述一件事物，事物的原來性質是物，把它轉化為人；原來是人，把它轉化為物；原來是抽象的，把它轉化為具體的，然後加以描寫、敘述的，就是轉化修辭。轉化修辭有擬人、擬物、擬虛為實法三種。本首兒歌，把原來是物的蚊子和青蛙，轉化成人，讓牠們會思想，會講話，這是轉化修辭的「擬人」法的應用。

「牠沒有見過花草樹木，牠沒有見過高山大河」這兩句話，上下語句字數相等，語法相似，屬於對偶修辭法的「單句對」；而下句中的「高山大河」詞語，「高山」對「大河」屬於對偶修辭法的「句中對」。應用對偶修辭法，可以使語言精鍊、富有節奏美，也容易記誦。

另外，這兩句話雖以對偶為主要修辭方式，但是在這個修辭法裡，重複了

「牠沒有見過」的語句，也用上了類疊修辭法中，隔句相對的「類句」修辭技巧。

說話或作文，為了強調或突出客觀事物的本質，應用擴大或縮小的方法加以誇張修飾的，就是誇飾修辭法。誇飾修辭法有直接誇飾和間接誇飾，直接跨飾就是把所要表達的思想或感情，直接在詞面上誇張表達，這種修辭法又分為直接擴大式和直接縮小式。間接誇飾所要表達的思想或感情，並沒有在詞面上直接揭示，而是透過提供的誇張語句思考得來。青蛙一天到晚只會自誇：「我游幾下就到天涯」這句，屬於誇飾修辭法的「間接誇飾」。語句中雖然表達「我游得好快」或「天涯好小」的語意，但沒有直接說出來。

最後一段：「蚊子飛來告訴牠，井外的世界更廣大。青蛙說：『你別說謊話，天只有井口大，世界就在水井下。』」青蛙說的「天只有井口大，世界就在水井下」這兩句話，採用縮小法，把「天」和「世界」縮得很小；句中也沒有直接說「天和世界都很小」的語句，這是間接誇飾縮小法的應用。

兒歌品嘗

二、你能指出本首兒歌應用了幾種修辭法嗎？

一、謎底：井底之蛙

二、本首兒歌應用了轉化、誇飾、對偶、類疊等修辭法。

十二、打草

有個人，怕蛇咬，
上山砍柴先打草。
草叢的蛇，怕被打，
急急忙忙溜回家。

有個縣太爺，
整天想撈錢，
透過部下到處收稅，
金子銀子疊了一堆。

百姓過得苦哈哈，
終於想出好辦法。
一狀告到縣官處，
說他部下愛搜刮。

縣太爺，看狀子，
嚇得面如白紙。
暗想他們是上山打草，
針對的卻是草中目標。
假如我不改過，

就得牢裡度過。

兒歌品嘗

一、猜一句成語？　謎底：（　　　　）

打草驚蛇

解釋　比喻行動不謹慎，被敵人發現，而使對方開始防備。

例句　大家別著急，只要不打草驚蛇，就不會有事情。

相反　文風不動、不動聲色

接龍　打草驚蛇→蛇蠍美人→人定勝天

砍材的人上山，刀砍雜草的時候，草中的蛇常常嚇得趕忙溜走。「打草驚蛇」這句話，常常用來比喻做事不隱密，使對方有了警覺，預先做防範。本首兒歌活用轉化、類疊、摹況、婉曲、譬喻、借代、雙關等修辭法，寫了一則百姓如何應用「打草驚蛇」的策略，警告縣太爺的故事。

兒歌開頭「草叢的蛇，怕被打，急急忙忙溜回家」的句子，把蛇當作人，說牠怕被打，急忙溜回家。這樣的描寫屬於轉化修辭法的「擬人」手法，可使萬物有情化，增強語文的感染力。句中「急急忙忙」的詞語，是「急忙」一詞的強調，這種採用「疊字」處理的方式，屬於類疊修辭法的應用。

第二小節「有個縣太爺，整天想撈錢，透過部下到處收稅，金子銀子疊了一堆」的句子，「金子銀子疊了一堆」就是撈了許多錢的曲折表達，屬於婉曲修辭法的「曲折」技巧。

第三小節「百姓過得苦哈哈，終於想出好辦法。一狀告到縣官處，說他部下愛搜刮」的句子，「苦哈哈」形容苦慘的樣子。「哈哈」屬摹聲，可以摹寫笑聲，如「笑哈哈」，也可以摹寫怒斥聲，如「苦哈哈」。這兒的苦哈哈，就是摹寫很苦而發出的怒斥聲。這兒應用了摹況修辭法的「聽覺摹寫」，並由「哈」字的重疊，也兼了類疊修辭法的「疊字」特色。

後一段的「縣太爺，看狀子，嚇得面如白紙。暗想他們是上山打草，針對的卻是草中主角。假如我不改過，就得牢裡度過。」其中「縣太爺，看狀子，嚇得面如白紙」這句話，「縣太爺嚇壞了」是句子的主體，「白紙」是喻體，「如」字是「喻詞」，三種都全，這是屬於譬喻修辭法的「明喻」。「暗想他們是上山打草，針對的卻是草中目標」這兩句，「上山打草」指的是「警告」的意思；「草中目標」指的是「貪汙的官吏」。這是借代修辭的應用。「假如我不改過，就得牢裡度過」的句子，「牢裡度過」表示「被關」的意思，這是婉曲修辭法的「曲折」表達。

另外，這首兒歌第一小節敘述的「有個人，怕蛇咬，上山砍柴先打草。草叢的蛇，怕被打，急急忙忙溜回家」，跟全首兒歌縣太爺看了百姓指其部下愛搜刮的狀子，嚇得面如白紙有關。這樣一段詩文雙關兩件事物意義的敘寫技巧，屬於雙關修辭法中「篇義」的雙關。

兒歌品賞

二、你能指出本首兒歌應用了幾種修辭法嗎？

一、謎底：打草驚蛇

二、本首兒歌應用了轉化、類疊、摹況、婉曲、譬喻、借代、雙關等修辭法。

十三、天陰陰，要下雨

天陰陰，空氣溼溼，
眼看就要下大雨。
一群螞蟻擔心大雨，
趕忙進去搬東西。

一粒粒白白的卵，
由低處搬到高地，
免得被大雨浸爛，
孵不出小螞蟻。

天陰陰，空氣溼溼，
眼看就要下大雨。
小鳥兒，擔心大雨，
連忙去修補屋脊。

一絲絲細細樹皮，
辛苦的鋪在巢裡，
免得大雨打壞屋子，
大家凍壞了身體。

天陰陰，空氣溼溼，
眼看就要下大雨。
小蝴蝶不懂得防備，
仍然到處嬉戲。

一會兒去逗朋友，
一會兒去吃花蜜。
大雨來了，
被淋得掉在地上喘氣。

兒歌品嘗

一、猜一句成語？　謎底：（　　　）

未雨綢繆

解釋　趁還沒有下雨前，趕快修理好門窗，比喻事先做好準備工作。綢繆：修理。

例句

颱風來臨前，家家戶戶要未雨綢繆，做好防颱準備。

相似

有備無患、曲突徙薪

相反

亡羊補牢、臨陣磨槍、臨渴掘井

颱風來襲前，氣象局常常呼籲大家早早做好防颱措施，免得颳起大風，下起大雨，造成人民災害。「未雨綢繆」的綢繆，意思是用繩索纏捆，全句引申為趁著還沒有下大雨之前，趕快做些預防的工作，如修補房子等，以免遭受損失。本首兒歌應用了摹況、類疊、轉化、仿擬、借代、錯綜、對偶等修辭法，寫了能未雨綢繆和不能未雨綢繆的故事。

全首兒歌共三段，分為六小節。第一小節「天陰陰，空氣溼溼，眼看就要下大雨。一群螞蟻擔心大雨，趕忙進去搬東西」的句子，綜合運用了摹況、類疊、轉化等修辭法。「天陰陰，空氣溼溼」除了「陰」、「溼」兩字為類疊修辭法的「疊字」外，「天陰陰」是摹況修辭法的「視覺摹寫」，「空氣溼溼」是摹況修辭法的「觸覺摹寫」。「一群螞蟻擔心大雨，趕忙進去搬東西」的句子，把螞蟻當作人來看，這是應用轉化修辭法的「擬人」技巧寫出的。

第二小節「一粒粒白白的卵」的句子，「粒」、「白」兩字都重疊，為類疊修辭法「疊字」的應用。「卵」字用「白白的」來形容，為摹況修辭法的「視覺摹寫」。

第三小節和第四小節：「天陰陰，空氣溼溼，眼看就要下大雨。小鳥兒，擔心大雨，連忙去修補屋脊。一絲絲細細樹皮，辛苦的鋪在巢裡，免得大雨打壞屋子，大家凍壞了身體。」這段話，是模仿第一小節和第二小節的形式而寫出的，它的修辭技巧除了跟上段一樣，具有摹況、類疊、轉化等修辭法外，還具有仿擬的修辭技巧。其中「屋脊」指的是鳥巢的頂端，「屋子」指的是鳥巢，為借代修辭法的應用；「天陰陰，空氣溼溼，眼看就要下大雨」的句子，跟第一段一樣，為類疊修辭法的「類句」應用。

第一段（一、二小節）和第二段（三、四小節），上下語句各有三句以上相對，屬於對偶修辭法的「長偶對」。

第三段（五、六小節）：「天陰陰，空氣溼溼，眼看就要下大雨。小蝴蝶不懂得防備，仍然到處嬉戲。一會兒去逗朋友，一會兒去吃花蜜。大雨來了，被淋得掉在地上喘氣。」承接第一、第二段的語氣和形式來寫，但是內容不同，為應用錯綜修辭法中的「段落錯綜」技巧寫出的，這是為了富有變化而打破前面整齊段落的形式。其中「一會兒去逗朋友，一會兒去吃花蜜」的句子，上下句子的字數相同，語法相似，為對偶修辭法的「單句對」。

二、你能指出本首兒歌應用了幾種修辭法嗎？

一、謎底：未雨綢繆

二、本首兒歌應用了摹況、類疊、轉化、仿擬、借代、錯綜、對偶等修辭法。

十四、農夫和路人

有個農夫巡瓜田，
看到有人蹲田邊。
左邊摸摸，右邊挖挖，
好像在偷瓜。
農夫上前去瞭解，
原來那人在穿鞋。

有個農夫巡果園，
看到有人站樹邊。
左邊摸摸，右邊舉舉，
好像在摘李。
農夫趕忙上前瞧，
原來那人在戴帽。

處處可以戴帽，
處處可以穿鞋，
為什麼偏愛果園下？
為什麼偏愛瓜田邊？
只怪路人欠考慮，
不怪農夫太多疑。

一、猜一句成語？　謎底：（　　　　）

瓜田李下

解釋　經過瓜田，不彎腰穿鞋；走過李樹下，不舉手整理帽子。比喻容易發生嫌疑的處境。

例句　他不在位子上，你最好別亂動桌上的東西，以免有瓜田李下的嫌疑。

接龍　瓜田李下→下逐客令→令人噴飯

為什麼在瓜田裡不要低頭彎腰整理鞋子？為什麼在李子樹下不要舉手整理帽子？這首兒歌活用了摹況、對偶、鑲嵌、類疊、設問等修辭法，把這個道理說出來，可供小朋友在做事的時候，避免發生不必要的困擾。

這首兒歌中，「左邊摸摸，右邊挖挖」的句子，是綜合修辭法的應用。在這個語言裡，包含了摹況、對偶、鑲嵌以及類疊等三種修辭法。摹況修辭法是個人對事物各種境況、情況的感受加以描述的修辭法。句子中採用視覺的摹寫，描述有人蹲田邊，左邊摸摸，右邊挖挖的偷瓜情景。採用摹況修辭法來抒發心理的感受，可以具體的反映事物的情狀。

其次，「左邊摸摸，右邊挖挖」的句子，上下兩句字數相等，句法相似，也屬於對偶修辭法中，上一單句與下一單句相對的「單句對」，目的是使語言富有節奏美，容易記誦。至於句子中的「左」、「右」二字是故意插入的詞，以拉長文句，這是鑲嵌修辭法的應用。而「摸摸」和「挖挖」屬於類疊修辭法中的「疊字」，目的是加強語意，增加情趣。第二小節中的「左邊摸摸，右邊舉舉」的修辭方式，跟上句一樣也是包含摹況、對偶、鑲嵌及類疊的修辭法。

另外，第一、第二小節的文句，字數相等，句法相似，也是對偶修辭法的應用。這兩小節的句子：「有個農夫巡瓜田，看到有人蹲田邊」跟「有個農夫巡果園，看到有人站樹邊」相對；「左邊摸摸，右邊挖挖，好像在偷瓜」跟「左邊摸摸，右邊舉舉，好像在摘李」相對；「農夫上前去瞭解，原來那人在穿鞋」跟「農夫趕忙上前瞧，原來那人在戴帽」相對。共有三組兩兩相對的句子，屬於對偶修辭法的「排比對」。

第三小節的「處處可以戴帽，處處可以穿鞋」應用對偶兼類疊的修辭技巧，前後兩句相對，為「單句對」；「處處」二字重疊，為類疊的「疊字」；「可以」一詞隔離出現，為類疊的「類字」。

「為什麼偏愛果園下？為什麼偏愛瓜田邊？」這兩句詩句，應用了設問、對偶和類疊的修辭法。這兩句都是以疑問句引起注意的修辭法，屬於設問修辭法中，只懸示問題而沒有答案的「懸問」；而前後兩句，字數相等、句法相似，屬於對偶修辭法中，上一單句與下一單句相對的「單句對」；兩句都有「為什麼偏愛」的短語，屬於類疊修辭法中隔離出現的「類句」。

兒歌品嘗

二、你能指出本首兒歌應用了幾種修辭法嗎？

一、謎底：瓜田李下

二、本首兒歌應用了摹況、對偶、譬喻、類疊、設問等修辭法。

十五、考上了沒

東村有人叫孫山，
西村有人叫李郎。
兩人相約進考場，
希望上榜好做官。

李郎考完留他鄉，
孫山考完回家鄉。
李郎父親問孫山：
「我兒考得怎麼樣？」

「孫山名列榜單末，
令郎還在孫山後。」
孫山這樣回答他，
你猜李郎考上嗎？

兒歌品嘗

一、猜一句成語？　謎底：（　　　　）

名落孫山

解釋
名字落在孫山後面，比喻考試沒有被錄取。
孫山：宋朝的書生。

例句
你今年雖然名落孫山，但是明年再加把勁，一定可以考上。

相似
榜上無名

相反
金榜題名、魚躍龍門、獨占鰲頭

接龍
名落孫山→山明水秀→秀色可餐

小朋友喜歡猜謎，也喜歡做推理的遊戲。〈考上了沒〉這首兒歌，活用了對偶、類疊、設問、婉曲、鑲嵌等修辭法來寫，希望能滿足小朋友的這兩種需要。

這首兒歌第一小節：「東村有人叫孫山，西村有人叫李郎。兩人相約進考場，希望上榜好做官。」「東村有人叫孫山，西村有人叫李郎」這兩句，上下句子字數相等，語法相似，為對偶修辭法的「單句對」。應用對偶修辭法，可使句子富有節奏美，也便於記誦。其次，這兩句都有「有人叫」的短語，這是語句隔離出現，屬於類疊修辭法的「類句」。

第二小節：「李郎考完留他鄉，孫山考完回家鄉。李郎父親問孫山：『我兒考得怎麼樣？』」這段話裡，「李郎考完留他鄉，孫山考完回家鄉」前後句也是對偶句中的「單句對」兼類疊修辭法的「類句」修辭法。「李郎父親問孫山：『我兒考得怎麼樣？』」這是設問修辭法的應用。下一小節孫山回答他的問話了，可見這是附了答案的提問形式。

第三小節：「孫山名列榜單末，令郎還在孫山後。孫山這樣回答他，你猜李郎考上嗎？」這段話中的「孫山名列榜單末，令郎還在孫山後」便是接上段李郎父親問話的回答。孫山不是直接告訴李郎的父親說「令郎沒考上」，而是說「我是錄取榜單上出現的最後一名，而你兒子的名字還在我的名字以後。」這是委婉的告訴李郎的父親：你的兒子沒被錄取。這樣的說話屬於婉曲修辭法的「含蓄」語言。

至於後句的「孫山這樣回答他，你猜李郎考上嗎？」這個問話是沒附答案的「設問」句，但是由前一句的線索可以知道，李郎沒考上。

另外，兒歌中用「東村」、「西村」來泛稱，也用上了鑲嵌修辭法的「鑲字」技巧，也就是故意用幾個無關緊要的「東、西」二字，插入實際意義的字裡，以延長音節的修辭法。

兒歌品賞

二、你能指出本首兒歌應用了幾種修辭法嗎？

謎底：一、「名落孫山」

二、本首兒歌應用了對偶、類疊、設問、婉曲、鑲嵌等修辭法。

十六、農夫的盤算

一隻兔子，
遇見老虎，
慌慌張張，
亂跳亂竄。
一不小心，
撞到樹幹，
眼冒金星，
昏倒不醒。

一個農夫，
下田耕種。
腰瘦背疼，
大嘆辛苦。
忽見兔子，
撞到大樹，
急忙衝去，
牢牢抓住。

貪心農夫，
守著大樹，
只等兔子，
每天撞樹。

期望雖好，
卻達不到。
農夫稻田，
卻荒廢了。

兒歌品嘗

一、猜一句成語？　謎底：（　　　　）

守株待兔

解釋

比喻妄想不用勞動，就能夠享受成果。株：

樹幹。

例句

胡適說：「要怎麼收穫，便那麼栽。」只想守株待兔的人是很難成功的。

相似

不勞而獲、坐享其成

接龍

守株待兔→兔死狐悲→悲從中來

修辭賞析

我國古時候有一個叫韓非子的人，編了一個「守株待兔」的故事，警告世人，不要死守狹隘的經驗；也告訴後人，不肯努力做事，妄想靠意外收穫來得好處的人，最後常常反而招來更大的痛苦。本首兒歌活用轉化、摹況、類疊、對偶、示現等修辭法，希望生動的把這個故事表達出來。

第一小節：「一隻兔子，遇見老虎，慌慌張張，亂跳亂竄」的句子，這是綜合運用了轉化、摹況、類疊、對偶等修辭法寫出的。句子中，首先把兔子轉化為人，說牠慌慌張張，這是轉化修辭法的「擬人」技巧。「慌慌張張，亂跳亂竄」為摹寫兔子的慌亂情形，屬於摹況修辭法的「視覺摹寫」；這兩個詞語，「慌」、「張」、「亂」反覆出現，用上了類疊修辭法外，「亂跳」和「亂竄」相對，為對偶修辭法的「句中對」。

第二小節：「一不小心，撞到樹幹，眼冒金星，昏倒不醒」的句子，「眼冒金星」指的是兔子「頭暈」，這是轉化修辭法，把抽象觀念化做具體事物的「形象化」，也就是「擬虛為實法」的應用。這樣的敘寫，可以創造具體形象，增加語文的生動活潑性。

第三小節：「一個農夫，下田耕種。腰痠背疼，大嘆辛苦」的句子，「腰痠背疼」的「腰痠」和「背疼」相對，為對偶修辭的「句中對」。

第四小節：「忽見兔子，撞到大樹，急忙衝去，牢牢抓住」的句子，「牢牢」二字，用上了類疊修辭法的「疊字」技巧。

這個故事，不管是事實或是韓非子編出來的，都已經是過去的事情，現在應用想像力把它繪形繪影的呈現出來，這是應用了示現修辭技巧來寫的。

兒歌品嘗

二、你能指出本首兒歌應用了幾種修辭法嗎？

一、謎底：守株待兔

二、本首兒歌應用了轉化、類疊、對偶、示現等修辭法。

十七、五彩筆不見了

從前有人叫江淹，
詩文寫了萬萬千。
字字句句都精美，
人人讚美有才學。

文名傳到京城去，
皇帝老爺也賞識。
吃好住好樂逍遙，
人生經歷漸漸少。

寫詩枯坐一下午，
竟然擠不出一字。
不說文筆已鈍了，
卻說彩筆被收去。

一、猜一句成語？　謎底：（　　）

江郎才盡

解釋 比喻本領已經全部用完了。才：才華。

例句 唉！我現在是江郎才盡，連一個字也寫不出來，怎麼辦？

相似 才思枯竭、黔驢技窮

相反 下筆成章、文思泉湧、妙筆生花

接龍 江郎才盡→盡忠報國→國色天香

年輕的時候可以寫出很好的詩，成名以後，常常寫不出好詩來。這樣的人常被稱為「江郎才盡」。江郎是誰？江郎為什麼才盡？是他的五彩筆被沒收了嗎？或是有其他原因？原因是什麼？這首兒歌應用誇飾、類疊、對偶、婉曲、譬喻、轉化等修辭法，寫出了可能的原因，希望當後人的借鏡。

「從前有人叫江淹，詩文寫了萬萬千。字字句句都精美，人人讚美有才學。」這段是敘述詩人江淹寫詩寫得很好。句子中，用了誇飾、類疊的修辭技巧。「詩文寫了萬萬千」的句子，誇大說明他的詩文數量非常多；「萬」字重疊，也用上了類疊修辭法的「疊字」技巧。至於「字字句句都精美，人人讚美有才學」這兩句，也用了誇飾和類疊的修辭法。

第二段「文名傳到京城去，皇帝老爺也賞識。吃好住好樂逍遙，人生經歷漸漸少。」這段話，用了對偶和類疊的修辭法。「吃好」和「住好」這兩個短語相對，屬於對偶修辭法的「句中對」；經歷漸漸少的「漸漸」，屬於類疊修辭法的「疊字」應用。

第三段「寫詩枯坐一下午，竟然擠不出一字。不說文筆已鈍了，卻說彩筆被收去。」這段話用了婉曲、誇飾、譬喻、轉化等修辭法寫出的。其中的「寫詩枯坐一下午，竟然擠不出一字」，意思是「整個下午寫不出詩來」，這是應用了婉曲修辭法的「曲折」技巧來表達的；另外，「枯坐」，指的是像枯乾的樹木，寂寞而無生趣的坐著，有譬喻的特色；「竟然擠不出一字」的句子，有誇大的意思，為誇飾修辭法的應用；後句不說「文筆不好」，卻說「文筆已鈍了」，這是轉化修辭的「擬虛為實」法，也就是「形象法」的應用。

兒歌品嘗

二、你能指出本首兒歌應用了幾種修辭法嗎？

一、謎底：江郎才盡

二、本首兒歌應用了誇飾、類疊、對偶、婉曲、譬喻、轉化等修辭法。

十八、賣花郎，說花香

花市有個賣花郎，
愛誇自己的花最香。

他先捧著玉蘭花叫喊：
「我的玉蘭花，
花中之王，
世界最香。」

他又捧著茉莉花叫喊：
「我的茉莉花，
花中之王，
世界最香。」

客人問他：
「到底玉蘭花是花中之王，
還是茉莉花是花中之王？」

他支支吾吾的說：
「它們都是世界上最香。」

一、猜一句成語？　謎底：（　　　　）

自相矛盾

解釋　比喻自己講的話前後不符合。矛、盾：古代的兵器。

例句　他講話常自相矛盾，大家都覺得莫名其妙。

相似　自相抵觸

相反　言行一致、表裡如一

修辭賞析

一個人的說話或行事，前後常常不相應，會被認為「自相矛盾」。現在很難得在市場上看到有人賣矛或賣盾，因此，「自相矛盾」的成語，小朋友就不太瞭解。生意人愛做廣告，有時候為了拉抬生意，語言錯亂或不合邏輯的事，都有可能說出或做出。本首兒歌就以賣花為題材，應用誇飾、仿擬、類疊、借代、設問等修辭法，寫了一個「自相矛盾」的故事。

這首兒歌中，賣花郎說的「我的玉蘭花，花中之王，世界最香」、「我的茉莉花，花中之王，世界最香」這些話，跟客觀的事實不合，屬於誇大的渲染，因此可以認定為「誇飾」。

第三小節的「他又捧著茉莉花叫喊：『我的茉莉花，花中之王，世界最香』」是模仿第二小節的「他先捧著玉蘭花叫喊：『我的玉蘭花，花中之王，世界最香』」的形式。第二小節的語句是「本體」，第三小節的語句是「仿體」。第三小節為依照已有段落形式而寫出的新語段，屬於仿擬修辭法中的「仿段」類。

「我的玉蘭花，花中之王，世界最香」這句，「花中之王」的「王」，代表「最尊貴」的意思，這是以具體的事物，代替抽象概念的借代。

第四小節的詩句：「到底玉蘭花是花中之王，還是茉莉花是花中之王？」這是綜合修辭法中的「套用」。在這個語言裡，以設問修辭法為主，然後在設問修辭法裡，包含了類疊修辭法。類疊修辭法的種類有疊字、類字、疊句、類句等四種。「是花中之王」的語句，隔離出現，屬於「類句」的應用。

最後一小節：「他支支吾吾的說：『它們都是世界上最香』」的句子，「支吾」是表示說話應付搪塞，躲躲閃閃，含糊其詞。詩中把「支吾」兩字，各疊一次，變成「支支吾吾」，這是類疊修辭法中的「疊字」應用。

兒歌品嘗

二、你能指出本首兒歌應用了幾種修辭法嗎？

一、謎底：自相矛盾

二、本首兒歌應用了誇飾、仿擬、類疊、借代、設問等修辭法。

十九、兔寶寶不再跑了

兔寶寶很會跑，
兔寶寶很會跳。
但是跟烏龜賽跑，
由於溜去睡覺，
結果失去了錦標。

兔爸爸鼓勵牠奮起，
兔媽媽叫牠不要洩氣，
可是兔寶寶不再跑了，
兔寶寶不再跳了，

每天躲在家裡只是吃飯睡覺。
牠聽不進爸爸的勸告，
也聽不進媽媽的指導，
身體變得胖胖虛虛，
再也不能跑不能跳。

為什麼聽不進父母的話？
為什麼變得這麼糟糕？
哪一句話可以形容牠？

請你說說好不好？

兒歌品嘗

一、猜一句成語？　謎底：（　　　　）

自暴自棄

解釋

比喻自甘墮落，不求努力上進。暴：損害；糟蹋。棄：厭棄；嫌棄。

例句

成功人士的辭典裡面，只有力爭上游，沒有自暴自棄這四個字。

相似

自甘墮落、苟且偷安、妄自菲薄

相反

力爭上游、自強不息、奮發圖強

接龍

自暴自棄→棄暗投明→明目張膽

自暴自棄指的是自己糟蹋自己，自己拋棄自己，也就是自己看不起自己，甘心落後，不求上進。〈兔寶寶不再跑了〉就是寫了一個有這樣行為的兔子，供小朋友欣賞和警惕。全首兒歌活用了轉化、對偶、類疊、示現、設問等修辭法來寫作。

「兔寶寶很會跑，兔寶寶很會跳。但是跟烏龜賽跑，由於溜去睡覺，結果失去了錦標」這一段兒歌，綜合運用了轉化、對偶、類疊、示現等修辭法。兒歌中把兔子和烏龜轉化成人，敘述牠們會賽跑，這是「擬人」的修辭法；其次，「兔寶寶很會跑，兔寶寶很會跳」這兩句，前後句的字數相等、語法相似，屬於對偶修辭法的「單句對」，而「兔寶寶」的詞語反覆出現，為類疊修辭法的「類句」修辭。另外，敘述兔子和烏龜賽跑這件事，應用想像力把它寫得彷彿出現在眼前一樣，這是「示現」技巧的應用。

第二小節的「兔爸爸鼓勵牠奮起，兔媽媽叫牠不要洩氣，可是兔寶寶不再跑了，兔寶寶不再跳了，每天躲在家裡只是吃飯睡覺」的句子中，用了多次的類疊修辭法，如「兔寶寶不再」的短語，便是「類句」的應用。

第四小節的「為什麼聽不進父母的話？為什麼變得這麼糟糕？哪一句話可以形容牠？請你說說好不好？」這四個設問句，都只有懸示問題而沒有答案的問句，屬於設問修辭法的「懸問」；句中也用上了類疊修辭法，如「為什麼」一語的隔離出現，為「類句」的應用。

兒歌品賞

二、你能指出本首兒歌應用了幾種修辭法嗎？

一、謎底：自暴自棄

二、本首兒歌應用了轉化、對偶、類疊、示現、設問等修辭法。

二〇、頑皮的小老鼠

小老鼠，真頑皮，
躲在廚房玩遊戲。
碰碰東，碰碰西，
乒乒乓乓惹人氣。

媽媽走來看一看，
看到老鼠滾碗盤。
滾碗盤呀滾碗盤，
萬一破了怎麼辦？

媽媽看了心慌慌，
順手拿起雞毛撣，
對準老鼠就要扔，
又怕碗盤破光光。

小老鼠，真頑皮，
躲在書房玩遊戲。
咬咬東，咬咬西，
窸窸窣窣惹人氣。

爸爸走來瞧一瞧，
瞧到老鼠咬字畫。
咬字畫呀咬字畫，
萬一咬壞損失大。

爸爸看了心慌慌，
順手拿起黑墨盤，
對準老鼠就要扔，
又怕字畫弄髒髒。

兒歌品嘗

一、猜一句成語？　謎底：（　　　）

投鼠忌器

解釋

比喻有顧忌，不敢放膽去做。投：丟。忌：

害怕。器：器皿。

例句 這件事情牽連到很多人，投鼠忌器，因此遲遲不敢行動。

相似 打狗看主人

相反 大刀闊斧、放手一搏、肆無忌憚

接龍 投鼠忌器→器宇軒昂→昂首闊步

修辭賞析

想要打擊老鼠，卻擔心打壞了旁邊的器物。「投鼠忌器」這個成語是比喻做事有所顧忌，擔心害怕或得罪第三人。例如要檢舉鄰人的孩子偷竊，但是擔心鄰人孩子的母親難過，「投鼠忌器」，因此遲遲不敢行動。

這首兒歌寫了兩段小老鼠頑皮的行為，爸爸、媽媽看到後，又氣又恨，但是拿牠沒辦法。全首兒歌活用了轉化、對偶、類疊、摹況、頂真、設問、仿擬等修辭法。

第一小節「小老鼠，真頑皮，躲在廚房玩遊戲。碰碰東，碰碰西，乒乒乓乓惹人氣」的句子，應用了轉化、對偶、類疊和摹況的修辭法寫作。這節中，先把小老鼠轉化為人，說牠真頑皮，愛完遊戲；其次敘述牠的頑皮情形：「碰碰東，碰碰西」惹人生氣的事。其中「碰碰東，碰碰西」的句字，前後兩句為字數相等，語法相似，屬於對偶修辭法的「單句對」；至於「乒乒乓乓」是摹況修辭法的「聽覺摹寫」。

「媽媽走來看一看，看到老鼠滾碗盤。滾碗盤呀滾碗盤，萬一破了怎麼辦？」第二小節的句子裡，活用了頂真、類疊和設問的修辭法。第一句末為

「看」字，充當第二句的開頭；第二句末的「滾碗盤」短語，充當第三句的開頭，這種同一詞或同一語充當句與句的接榫，便是「頂真」的應用。至於「滾碗盤」一語的反覆出現，也用上了類疊修辭法。第四句的「萬一破了怎麼辦？」這是懸問的設問句，用上了設問的修辭技巧。

第三小節：「媽媽看了心慌慌，順手拿起雞毛撢，對準老鼠就要扔，又怕碗盤破光光。」這段話的「心慌慌」、「破光光」用的是類疊修辭法。

後一段（第四、五、六小節）是仿擬前一段的形式而寫的句子，屬於仿擬修辭法的應用。三小節內應用的修辭法，如轉化、對偶、類疊、摹況等等，也跟前一段差不多，欣賞者可以自己去分析。

兒歌品嘗

二、你能指出本首兒歌應用了幾種修辭法嗎？

一、謎底：投鼠忌器

二、本首兒歌應用了轉化、對偶、類疊、摹況、頂真、設問、仿擬等修辭法。

二一、愛操心的人

從前有個杞國人，
從早到晚愛操心。

一會兒擔心天塌下，
一會兒擔心地裂開，
一會兒擔心月亮不圓，
一會兒擔心太陽爆炸。

整天躲在屋子裡，
深怕出門被砸到身體。

吃也吃不好，
睡也睡不著。
臉色變得蒼蒼白白，
身體變得瘦瘦巴巴。

親戚朋友勸他把心放下，
卻沒有辦法改變他。

一、猜一句成語？　謎底：（　　　）

杞人憂天

解釋　比喻不必要或沒有根據的憂慮。杞人：古代杞國的人民。

例句　老是杞人憂天的人，一定不快樂。

相似　庸人自擾

相反　高枕無憂、無憂無慮

接龍　杞人憂天→天倫之樂→樂此不疲

做任何事，都要用頭腦。有的事，要深思、要預先防範或想出處理方法，例如颱風來臨前，家家戶戶應該「未雨綢繆」的做好防颱工作；有的本來沒事的就不要「庸人自擾」，例如我們要介紹的這首兒歌的內容。這首介紹自尋苦惱的兒歌，活用了排比、對偶、類疊、摹況、轉化等修辭法寫作。

什麼是排比修辭法?就是說話或作文，將三個或三個以上結構相同或相近的語句、段落，排列一起以表達相關內容的修辭法，便是「排比」修辭。排比修辭依照語句的形式，可以分為短語的排比、句子的排比、段落的排比等三種。這首兒歌中的詩句：「一會兒擔心天塌下，一會兒擔心地裂開，一會兒擔心月亮不圓，一會兒擔心太陽爆炸」四句的結構相近、語氣相同、內容相關而並列一起，屬於「句子的排比」。這個句群中，採用綜合修辭法的「套用」。在排比句裡，「一會兒擔心」的語句隔離出現，套用了類疊修辭法的「類句」手法。

這首兒歌中，「吃也吃不好，睡也睡不著」的句子，是綜合修辭法中的「套用」。在這個語言裡，以對偶修辭法為主，同時包含了類疊修辭法。「吃也吃不好，睡也睡不著」的句子，上下兩句，字數相等，句法相似，就是對偶修辭法中，上一單句與下一單句相對的「單句對」。句子中的「吃」和「睡」字，這是屬於類疊修辭法中的「類字」手法，目的是加強語意，增加情趣。

「臉色變得蒼蒼白白，身體變得瘦瘦巴巴」的句子，也是綜合修辭法中的「套用」。在這個語言裡，以對偶修辭法為主，然後包含了摹況修辭法和類疊修辭法。「臉色變得蒼蒼白白，身體變得瘦瘦巴巴」的句子，上下兩句，字數相等，句法相似，就是對偶修辭法中，上一單句與下一單句相對的「單句對」。詩中對「臉色」情況的描寫，採用視覺的摹色方式寫作「蒼白」；「身體」狀況的描寫，採用視覺的摹形方式寫作「瘦巴巴」，這是應用了摹況修辭法中的「視覺摹寫」技巧。「蒼白」寫作「蒼蒼白白」，「瘦巴巴」寫作「瘦瘦巴巴」，這是類疊修辭法的「疊字」應用。

「親戚朋友勸他把心放下，卻沒有辦法改變他」的句子，應用了轉化修辭法中「擬虛為實」的「以物擬物」的修辭方式。

黃慶萱教授說：「描述一件事物時，轉變其原來性質，化成另一種本質截然不同的事物，而加以形容敘述的，叫做轉化。」這就是說，描述一件事物，事物的原來性質是物，就把它轉化為人；原來是人，轉化為物；原來是抽象的，轉化為具體的，然後加以描寫、敘述。

這首兒歌句中的「操心」、「擔心」，是人才有的現象，親戚朋友勸他把「心」放下，意思是不要操心、不要擔心。操心、擔心的「心」屬於抽象事物，現在化為具體可見、可放的實體物品，這是應用了轉化修辭中，化抽象為具體的「擬虛為實」的修辭法。

兒歌品嘗

二、你能指出本首兒歌應用了幾種修辭法嗎？

一、謎底：杞人憂天

二、本首兒歌應用了排比、對偶、類疊、摹況、轉化等修辭法。

二二、獵人和獵狗

東山附近有野兔，
獵人看了心噗噗。
飼養獵狗捉野兔，
野兔嚇得躲洞窟。

獵狗獵狗不要捉我，
愛護萬物人人有責。
野兔奔跑像跳舞，
供你欣賞沒壞處。

獵狗不聽野兔話，
仍然賣力去抓牠。
野兔全族都被捉，
獵人樂得笑呵呵。

獵人樂得笑呵呵，
不久卻又心憂憂。
養狗也要花食糧，
便把獵狗宰光光。

用的時候看成寶，
用過以後就丟掉。
世間也有這種事，
大家可要注意到。

兒歌品嘗

一、猜一句成語？　謎底：（　　　　）

兔死狗烹

解釋

比喻成功之後，就忘記別人的恩惠，還傷害對方。烹：煮。

例句

替壞人做事情，事成後，小心會遭兔死狗烹的下場。

相似

忘恩負義、過河拆橋

相反

論功行賞

接龍

兔死狗烹→烹龍炮鳳→鳳凰于飛

春秋戰國時期，越國的名臣范蠡輔佐句踐打敗吳國夫差，復興越國。在功成名就的時候，他選擇引退，並寫信給另一位功臣「文種」，告訴他：「高鳥已散，良弓將藏；狡兔已盡，良犬就烹。趕快離開，免得受害。」范蠡擔心句踐「恩將仇報、殺害功臣」，勸文種也引退。「兔死狗烹」的典故，就是這樣而來。它的表面意思是野兔死了，獵狗不再有用就被煮來吃；深入的意思是說，事情辦成以後，出過力的人常被拋棄或被攻擊、陷害，我們要引以為戒。本首兒歌就是以這個為背景，活用摹況、婉曲、頂真、類疊、轉化、呼告、映襯等修辭法而寫的。

第一小節「東山附近有野兔，獵人看了心噗噗。飼養獵狗捉野兔，野兔嚇得躲洞窟」的詩句，應用了摹況、婉曲、頂真、轉化等修辭法寫作。「東山附近有野兔」，現在不直寫「獵人看了好動心」，改成「獵人看了心噗噗」，這是婉曲修辭法的「曲折」寫法；另外，「心噗噗」是應用了摹況修辭法中的「觸覺摹寫」來表現的。第三、第四句「飼養獵狗捉野兔，野兔嚇得躲洞窟」的句子，「野兔」當兩句的接榫詞，為頂真修辭法中的「句間頂真」，可以使前後兩句接得密切與和諧。另外，這兒把野兔當人來描寫，說野兔「嚇壞了，躲到洞窟去了，這是應用轉化修辭法的「擬人化」寫的。這一小節的「野兔」一詞反覆出現，具有類疊修辭法的「類字」特性。

第二小節「獵狗獵狗不要捉我，愛護萬物人人有責。野兔奔跑像跳舞，供你欣賞沒壞處。」這是以兔子為第一人稱觀點，應用轉化、呼告、類疊、譬喻、仿擬等修辭法來寫的句子。句子中把兔子轉化為人（擬人法），讓牠將平敘的口氣，改用對話方式來呼喊，以達到生動的要求，為把「物」人性化的「呼告」；句子中還兼了類疊（如「獵狗」一詞及「人」字的重疊）、譬喻（如「野兔奔跑像跳舞」）、仿擬（如「愛護萬物人人有責」，仿「保密防諜人人有責」）等修辭法。

第三、四小節「獵狗不聽野兔話，仍然賣力去抓牠。野兔全族都被捉，獵人樂得笑呵呵。／獵人樂得笑呵呵，不久卻又心憂憂。養狗也要花食糧，便把獵狗辛光光。」這是換成作者觀點的敘述。句子中應用了轉化、摹況、頂真、類疊等修辭方式。這兩小節仍然採用轉化的「擬人法」，把兔子、獵狗都轉化為人，敘述兔子會說話、獵狗不聽野兔的話。至於「獵人好高興」，寫作「獵人樂得笑呵呵」，把笑聲記錄下來，這是摹況修辭法的「聽覺摹寫」。「獵人樂得笑呵呵」的句子，當作第三小節和第四小節的接榫句，這又用到頂真修辭法的「段間頂真」的修辭技巧。至於「心憂憂」、「辛光光」的詞語，也用上了類疊修辭法的「疊字」技巧。

最後一節「用的時候看成寶，用過以後就丟掉。世間也有這種事，大家也要注意到。」「用的時候看成寶，用過以後就丟掉」的句子裡，以映襯修辭法為主，並套用了「譬喻」和「類疊」的修辭法。這兩句的前後內容對比，為屬「映襯」；「用的時候看成寶」，為隱喻的譬喻句；「用」字隔離出現，為類疊修辭法的「類字」。

兒歌品嘗

二、你能指出本首兒歌應用了幾種修辭法嗎？

一、謎底：兔死狗烹

二、本首兒歌應用了摹況、婉曲、頂真、轉化、類疊、仿擬、呼告、映襯等修辭法。

二三、呆板的人

有個人，很呆板。
一天晚上，
聽說冬天太陽好溫暖，
立刻衝到庭院去，
希望馬上嘗嘗看。
晚上怎麼有太陽？
這個他卻不去想。

有一天，
他帶寶劍去搭船，
一不小心寶劍滑落江上。
船上的人大聲喊：
「趕快找，還不晚；
要不然，沒希望。」
他卻笑著說：
「不要緊張，不要緊張，
我已在船上，
刻了寶劍滑落的方向。」

船到了岸，

他順著雕刻的方向，
下水找了老半天，
始終沒找到寶劍。

他摸摸頭說：
「好奇怪，好奇怪，
寶劍怎麼會不在？」

兒歌品嘗

一、猜一句成語？　謎底：（　　　　）

刻舟求劍

解釋

比喻很固執刻板，不懂得變通。刻：雕刻。
求：尋找。

例句

做事情不能像刻舟求劍，也要懂得變通。

相似

守株待兔、食古不化、按圖索驥

相反

因事制宜、見機行事、隨機應變

接龍

刻舟求劍→劍拔弩張→張冠李戴

刻舟求劍的故事，敘述有個人在劍落水的船邊上刻了記號，等船停後，順著所刻的記號處去找，卻找不到劍。故事的深入意思是告訴我們，做事不要呆板、不知變通。本首兒歌活用轉化（擬虛為實）、設問、示現、類疊、誇飾等修辭法來寫作。

轉化修辭法中，有「擬虛為實法」又叫做「形象化」的修辭法，就是把抽象觀念化做具體的人或物的修辭法。「擬虛為實法」有兩種，一種是「以人擬人」，就是把屬於人特有的抽象詞語，化為跟人同性質的具體實體。如「勤勞喜歡跟人做朋友」的句子。「勤勞」是屬於人的抽象詞語，現在把它擬人，說他喜歡跟人做朋友。另一種是「以物擬物」，就是把屬於事物特有的抽象詞語，化為跟事物同類的具體實體。例如本首兒歌中以「嘗」來形容太陽的「溫暖」。

「嘗」是用口舌辨別食物的味道，本首兒歌「有個人，很呆板。一天晚上，聽說冬天太陽好溫暖，立刻衝到庭院去，希望馬上嘗嘗看」的句子，把抽象事物的「溫暖」，比擬成具體的食物來品嘗，這是轉化修辭中，「擬虛為實法」裡「以物擬物」的修辭法。

「晚上怎麼有太陽？這個他卻不去想。」前句話是問話，屬於設問修辭法中的「激問」。何謂設問修辭法？「設」就是設置、安排，「問」就是問題；講話或作文，故意不用敘述的語句而改用疑問句，以引起注意的修辭法，就是設問修辭法。設問修辭法的類別有三種，就是：懸問、提問、激問。懸問又叫「疑問」，是懸示問題而沒有答案，讓聽者或讀者自己解答的修辭法，像金聖歎：「黃泉無客舍，今夜宿誰家？」詩句。提問又叫「問答法」，這是為了提起下文而發問，答案在問題的下面。如蘇軾：「人生到處知何似？應似飛鴻踏雪泥」的詩句（飛鴻踏雪泥的意思是：飛翔的鴻雁來來去去，腳爪踏在雪泥上，偶然留下的痕跡，牠哪能記得？何況痕跡又很快消失）。激問又叫「詰問」或「反問」。這是激發本意而問，答案表現在問題的反面。例如本首兒歌的詩句：「晚上怎麼有太陽？」答案是：晚上沒有太陽。

「有一天，他帶寶劍去搭船，一不小心寶劍滑落江上。船上的人大聲喊：『趕快撈，可找到，要不然，會太晚。』他卻笑著說：『不要緊張，不要緊張，我已在船上，刻了寶劍滑落的方向。』」這段話便是應用示現修辭法寫出的。示現是把實際上看不到、聽不著的事物，應用想像力，寫得可見可聞，活生生的出現在眼前的修辭法。寶劍掉落及船上的人叫他快找這件事已過去，現在應用想像力，加以繪形繪色的把過去的情景再現出來，這是示現修辭法中「追述」的示現。詩句中「不要緊張，不要緊張」的語句，語句相疊，屬類疊修辭法中的「疊句」。

最後一小節：「船到了岸，他順著雕刻的方向，下水找了老半天，始終沒找到寶劍。他摸摸頭說：『好奇怪，好奇怪，寶劍怎麼會不在？』」應用了誇飾、摹況、類疊、設問等修辭法。

「下水找了老半天」這句話，屬於時間的誇飾，表示找了很久的意思。

要表達「困惑」的心，用「摸摸頭」表達，「摸」字重疊，屬於類疊修辭法的「疊字」以加強語意外，也應用了摹況修辭法的「視覺摹寫」，將看到他面臨困境的疑惑情形，用摸頭的動作寫出來。

「寶劍怎麼會不在？」這一句屬於自言自語，也就是設問修辭法中的「懸問」。「好奇怪，好奇怪」等，語句相疊，屬類疊修辭法中的「疊句」。

兒歌品嘗

二、你能指出本首兒歌應用了幾種修辭法嗎？

一、謎底：刻舟求劍

二、本首兒歌應用了轉化（擬虛為實）、設問、示現、類疊、摹況、誇飾等修辭法。

二四、自負的國王

從前有個小國，
國名就叫夜郎。
夜郎有個國王，
不知世界情況。
北方有個大國，
派來一位使者，
使者晉見國王，
國王帶他觀光。

他們登上城牆，
便向四方瞭望。
稻秧連著稻秧，
村莊連著村莊。
全國大好河山，
一下全已看光。
國王問問使者，
看後感想怎樣？

使者不便直講，
支支吾吾說道：
「看過了小池塘，
也要看大海洋。」

國王自認海洋，
別國卻是池塘；
於是趾高氣昂，
天天得意洋洋。

兒歌品嘗

一、猜一句成語？　謎底：（　　　　）

夜郎自大

解釋　比喻人見識淺薄，自以為了不起。夜郎：漢朝西南方的小國。

例句

你才這麼一點本領，就自以為天下第一，未免太夜郎自大了。

相似

自以為是、自高自大、妄自尊大

相反

妄自菲薄、虛懷若谷

接龍

夜郎自大→大器晚成→成千上萬

要批評一個人見識短小，不知道世事而又妄自尊大的人，常常會說他是個「夜郎自大」的人。什麼是「夜郎自大」？這兒應用頂真、對偶、類疊、回文、誇飾、婉曲、設問、象徵、映襯、摹況等修辭法，將故事寫出。

「從前有個小國，國名就叫夜郎。夜郎有個國王，不知世界情況。」這幾句話中，第一句末的「國」字，為第二句的開頭；第二句末的「夜郎」一詞，為第三句的開頭。這種用前一句的結尾來做後一句的起頭，使鄰接的句子頭尾蟬聯，而有上遞下接趣味的寫法，就是頂真修辭法。第二小節的「使者晉見國王，國王帶他觀光」的句子中，「國王」一詞，也是頂真修辭法的應用。

第三小節的「稻秧連著稻秧，村莊連著村莊」的句子，是綜合修辭中的「套用」。在這個語言裡，以「對偶」修辭法為主，然後又包含了「類疊」的修辭方式。「稻秧連著稻秧，村莊連著村莊」的句子，上下兩句，字數相等，句法相似，就是對偶修辭法中，上一單句與下一單句相對的「單句對」。「稻秧連著稻秧」句中的「稻秧」，以及「村莊連著村莊」句中的「村莊」一詞，隔離出現，屬於類疊修辭法中的「類字」。類疊修辭法的作用，可以強調語意、使語言富有節奏美，收到表達的效果。這兩句應用類疊修辭法寫作，使人感受到「稻秧」好多、「村莊」好多的富庶和繁榮氣象。另外，「稻秧連著稻秧」的句子，句子可以順讀，也可以逆讀，屬於寬式的回文句；「村莊連著村莊」的句子，也可以順讀和逆讀，也是屬於寬式的回文句。回文句可以使語意回環，富有節奏與形式美。

「全國大好河山，一下全已看光」的句子，是綜合修辭中的「兼用」。「兼用」就是在一段或一句語言裡，不分主次的兼用了兩個或兩個以上的修辭法。這句話裡，不分主次的兼用了誇飾和婉曲兩種修辭方法。「一下」就是「一下子」的意思，表示時間很短。全國的大好河山不可能一下子就看完，這兒把時間縮短，屬於誇飾修辭法中「縮小」的應用。敘述一個國家的大好山河，一下子就看完，表示這個國家很小。因此，這句話也應用了婉曲修辭法中「含蓄」的修辭技巧。

「國王問問使者，看後感想怎樣?使者不便直講，支支吾吾說道：『看過了小池塘，也要看大海洋。』」這段話裡是綜合修辭中的「套用」。在這個語言裡，以設問修辭法為主，然後又包含了婉曲、類疊、借代、映襯等修辭法。這段話中，有問有答，屬於設問修辭法中的「提問」。使者暗示國王：「瞭解一個小國後，也應該去看看大國」，但是他沒有直接說，卻含蓄的說：

「看過了小池塘，也要看大海洋。」這是應用婉曲修辭法中「含蓄」方式的表達技巧；「支支吾吾」為類疊修辭的「疊字」應用；「看過了小池塘，也要看大海洋」這個複句，「小池塘」借來代替「小國」，「大池塘」代替「大國」，這是借代修辭法中「事物特徵」的應用；「小池塘」和「大海洋」一小一大，屬於映襯修辭法中的「對比」技巧。

最後一節「國王自認海洋，別國卻是池塘；於是趾高氣昂，天天得意洋洋」句中，「國王趾高氣昂，天天得意洋洋」應用了摹況修辭法中的「視覺摹寫」，把國王如何得意的表情，應用腳趾舉高、大步行走、神氣高昂的具體形象，活靈活現的表現出來。

兒歌品賞

二、你能指出本首兒歌應用了幾種修辭法嗎？

一、謎底：夜郎自大

二、本首兒歌應用了頂真、對偶、類疊、回文、誇飾、婉曲、設問、象徵、映襯、摹況等修辭法。

二五、酒杯裡的蛇

張三的膽子小，
又具有多疑心。
看到烏鴉飛過，
相信厄運來臨；
聽到老鼠叫聲，
以為鬼要抓人。

有個打獵的朋友，
找他聊天、喝酒。
張三發現酒杯裡有蛇，

嚇得面無人色，
嘴裡不停的唸著蛇蛇！
怕得渾身發抖。

杯子裡怎麼會有蛇？
朋友不知道為什麼。
坐在張三坐過的椅子上，
終於發現了誤會的地方。
原來酒杯裡的蛇形，
竟是牆上弓的倒影。

兒歌品嘗

一、猜一句成語？　謎底：（　　　　）

杯弓蛇影

解釋　比喻疑神疑鬼，自己嚇唬自己。杯：酒杯。影：影像。

例句　你們別成天疑神疑鬼，杯弓蛇影的，會造成別人的困擾。

相似　草木皆兵、風聲鶴唳、疑神疑鬼

接龍　杯弓蛇影→影影綽綽→綽綽有餘

俗語說：「疑心生暗鬼」，一個人如果沒有正確的認知，常常會疑慮恐懼。這首兒歌就是告訴我們，遇到疑惑的問題要想辦法解決，不要疑神疑鬼，嚇壞自己。全首兒歌活用對偶、誇飾、類疊、摹況、設問等修辭法來寫作。

「張三的膽子小，又具有多疑心。看到烏鴉飛過，相信厄運來臨；聽到老鼠叫聲，以為鬼要抓人。」這一段的句子，採用「先總後分」的結構方式，先總說張三膽小又多疑，然後分寫膽小和多疑的兩件事；在分寫裡，採用上一個單句跟下一個單句相對，屬於對偶修辭法的「單句對」。

第二段：「有個打獵的朋友，找他聊天、喝酒。張三發現酒杯裡有蛇，嚇得面無人色，嘴裡不停的唸著蛇蛇！怕得渾身發抖。」這段話應用了對偶、誇飾、類疊、摹況等修辭法。

「找他聊天、喝酒」的句子，「聊天」和「喝酒」，兩詞相對，屬於一個句子中，兩個詞語的自相成對，為對偶修辭法的「句中對」。

「嚇得面無人色」，屬於誇飾修辭法的「誇大」兼摹況修辭法的「視覺摹寫」；「嘴裡不停的唸著蛇蛇」，「蛇」字重疊，為類疊修辭法的「疊字」。第三段的「杯子裡怎麼會有蛇？」這是設問修辭法中，一問一答的「提問」；答案是最後兩句：「原來酒杯裡的蛇形，竟是牆上弓的倒影。」

兒歌品賞

二、你能指出本首兒歌應用了幾種修辭法嗎？

一、謎底：杯弓蛇影

二、本首兒歌應用了對偶、誇飾、類疊、摹況、設問等修辭法。

二六、羊為什麼不見

太陽西下，晚風飄揚，
一個小姑娘，趕羊下山岡。
山中的路，像鳥腸，
羊兒多，又亂竄，
終於走失了一隻羊。

小姑娘，擔心狼吃羊，
除了自己找小羊，
還請鄰人來幫忙。
找哇找，望啊望，
總是找不到羊。

找羊的人，都回來，
大家搖搖頭，紛紛這樣說：
「山中的路，多又多，
每條山路，又有許多岔路，
羊兒怎麼不迷路？」

一個讀書人，聽到這消息，
唉聲嘆氣說：

讀書跟這差不多，一不小心，走錯方向，

各種學問多又廣，一生都白忙。

兒歌品嘗

一、猜一句成語？　謎底：（　　　　）

歧路亡羊

解釋　比喻事理非常的錯綜複雜，如果沒有依正確的方向去處理，到最後也無法解決。歧：分岔。亡：迷失。

例句　處理事情時，最怕歧路亡羊，白忙一場。

接龍　歧路亡羊→羊入虎口→口是心非

走在布滿分岔的道路上，最容易迷失方向。這首兒歌借用羊兒在分岔的山路上走失，告訴小朋友人生的道路上也有許多歧路，我們要把握方向，不要陷入複雜錯綜的歧路。全首兒歌活用譬喻、誇飾、回文、類疊、對偶、婉曲、摹況、設問等修辭法寫出。

第一小節：「太陽西下，晚風飄揚，一個小姑娘，趕羊下山岡。山中的路，像鳥腸」，「山中的路，像鳥腸」這句，描寫山路狹小又彎曲，像小鳥的腸子一樣小條而彎曲，這是採用「譬喻」和縮小的「誇飾」法寫出的句子。

第二小節敘述小姑娘，「找哇找，望啊望，總是找不到羊」的句子，「找哇找，望啊望」前後二句字數相等，語法相似，為對偶修辭法的「單句對」；其中「找」、「望」二字隔離出現，為類疊修辭法的「類字」。「找哇找」可順讀，也可逆讀，語意相同，為句子回文；「望啊望」也是回文。

第三小節：「找羊的人，都回來，大家搖搖頭，紛紛這樣說：『山中的路，多又多，每條山路，又有許多岔路，羊兒怎麼不迷路？』」不寫「大家找不到」，改寫「大家搖搖頭」，這是婉曲修辭法的「曲折」寫法；「搖」、

「紛」、「多」等字反覆出現，為類疊修辭法。「羊兒怎麼不迷路？」這是設問句，答案在問題的反面，表示「羊兒一定迷路」，屬於設問修辭法的「激問」。

最後一段：「一個讀書人，聽到這消息，唉聲嘆氣說：『讀書跟這差不多，各種學問多又廣，一不小心，走錯方向，一生都白忙。』」要表示難過、感傷的意思，不直接說出，改用「聽覺摹寫」和「視覺摹寫」，把感傷的情形以「唉聲嘆氣」具體表達，這是運用摹況修辭法。

兒歌品嘗

二、你能指出本首兒歌應用了幾種修辭法嗎？

一、謎底：歧路亡羊

二、本首兒歌應用了譬喻、誇飾、回文、類疊、對偶、摹況、婉曲、設問等修辭法。

二七、小狐狸和大老虎

小狐狸，去散步，
路上遇到大老虎。
大老虎，張大口，
要把狐狸吞下肚。

小狐狸急忙大聲說：
「小老虎，聽我說，
我是上帝封的百獸王，
你不可以吃我。」

大老虎驚訝的問：
「小狐狸，別嚇我，
有什麼證物，
請你說一說。」

小狐狸說：
「百獸看到我，
都要躲一躲。
你想瞧一瞧，
請跟我身後。」

老虎跟在狐狸後，
看到百獸到處躲。
狐狸回頭說：
「百獸看到我，
有沒有趕快躲？」
老虎點點頭，
趕忙也逃走。

兒歌品嘗

一、猜一句成語？　謎底：（　　　　）

狐假虎威

解釋　比喻藉著別人的威勢來欺壓人。假：依靠。

威：威風。

例句

我們坐得正，行得正，一向光明磊落，又何必害怕狐假虎威的人呢？

相似

仗勢欺人、狗仗人勢

接龍

狐假虎威→威震天下→下筆如神

修辭賞析

在一般人的觀念裡，狐狸是象徵狡猾的動物。因此，有關狐狸的詞語，大部分都跟狡猾、多疑等負面意義有關。例如「狐假虎威」、「狐狸尾巴」、「狐狸精」、「狐群狗黨」、「狐媚」、「狐疑」等等。這首兒歌中的狐狸，為了逃命，也是東拉西扯的藉老虎威風來嚇其他動物。後人要表達假借別人的聲勢去嚇唬他人的語言，就舉「狐假虎威」來代替。本首兒歌應用轉化、映襯、示現、頂真、類疊、誇飾、設問、婉曲等修辭法，將狐狸如何騙老虎的故事表達出來。

兒歌前三小節：「小狐狸，去散步，路上遇到大老虎。大老虎，張大口，要把狐狸吞下肚。／小狐狸急忙大聲說：「小老虎，聽我說，我是上帝封的百獸王，你不可以吃我。」／大老虎驚訝的問：「小狐狸，別嚇我，有什麼證物，請你說一說。」這段句子裡，應用了轉化、映襯、頂真、示現、類疊等修辭法。

詩句中敘述小狐狸去散步，小狐狸和大老虎都會說話，這是把狐狸和老虎當作人看，也就是把動物轉化成人的「擬人」技巧，屬於轉化修辭法的「擬人法」。

「小狐狸，去散步，路上遇到大老虎。大老虎，張大口，要把狐狸吞下肚。」這段話的「大老虎」一語出現兩次，充當上下句的接榫語，這是屬於頂真修辭法。

句子中「小狐狸」、「大老虎」的詞語，小、大對比，為「大小」的映襯對比；小狐狸稱呼老虎為「小老虎」以表現自己的尊貴，也有「大小」對比的作用。後句的「請你說一說」，「說」字隔離出現，為類疊修辭法的「類字」。

這是個想像的事件，現在把它繪形繪聲的展現眼前，為「懸想」的示現修辭技法。

兒歌後四小節：小狐狸說：「百獸看到我，都要躲一躲。你想瞧一瞧，請跟我身後。」／老虎跟在狐狸後，看到百獸到處躲。／狐狸回頭說：「百獸看到我，有沒有趕快躲？」／老虎點點頭，趕忙也逃走。／／這段句子裡，除了跟前三小節一樣的應用了轉化、映襯、示現、類疊等修辭法外，還用了設問和婉曲的修辭法。狐狸回頭說：「百獸看到我，有沒有趕快躲？」這句話就是「激問」的設問修辭法；老虎點點頭，表示老虎同意的意思，這是婉曲修辭法的「曲折」技巧。

兒歌品賞

二、你能指出本首兒歌應用了幾種修辭法嗎？

一、謎底：狐假虎威

二、本首兒歌應用了轉化、示現、類疊、誇飾、設問、婉曲等修辭法。

二八、王小弟學音樂

王小弟，想學琴，
拜託爸爸買鋼琴。
鋼琴彈了一個月，
覺得叮咚不好學，
便去學習小提琴。
提琴拉了一星期，
覺得聲音像殺雞，
就去學習吹直笛。

直笛吹了一下午，
又覺枯燥沒意思，
改去學習吹口琴。
口琴吹了一下子，
覺得嘴痠好痛苦，
又想改學定音鼓。
樂器買了一大堆，
沒有一項真學會。

起頭興致沖沖，　看得令人氣餒。

最後草草收尾，

兒歌品嘗

一、猜一句成語？（　　）

虎頭蛇尾

解釋　比喻做事情缺乏恆心。

例句　做事情如果虎頭蛇尾，一定不會成功。

相似　有始無終、有頭無尾

相反　始終如一、持之以恆、貫徹始終

接龍　虎頭蛇尾→尾大不掉→掉以輕心

老虎的頭，粗又大；蛇的尾，細又小。做一件事，起頭很努力，立下的志向像老虎的頭一樣大；做了一陣子，越做越沒力氣，立下的志向，小得像蛇的尾巴那麼細。「虎頭蛇尾」就是針對做事「有始無終」的人來形容的。

這首兒歌應用頂真、層遞、摹況、借代、婉曲、類疊、譬喻、誇飾等修辭法，把王小弟學習樂器，開始興致沖沖，最後草草收尾的「虎頭蛇尾」情形寫出，要小朋友不要患這個毛病。

「王小弟，想學琴，拜託爸爸買鋼琴。鋼琴彈了一個月，覺得叮咚不好學，便去學習小提琴」的句子中，第二行下的「鋼琴」一詞，跟第三行開頭語詞的「鋼琴」相同；也就是「鋼琴」一詞充當上下句的銜接橋梁，這是屬於頂真修辭法中的「句間頂真」。第二小節（自然段）末一行「就去學習吹直笛」的「直笛」詞，跟第三小節（自然段）第一行的「直笛吹了一下午」的「直笛」詞相同，這是頂真修辭法中的「段間頂真」。應用頂真修辭法，可以使前後語意自然而緊湊的銜接，並使語意層次分明。

王小弟學音樂，先彈一個月的鋼琴，再拉一星期的小提琴，接著吹一下午的直笛，然後一下子的口琴，最後想學定音鼓。這種把三個或三個以上的事物，依照時間多寡，有次序的遞降排列，屬於層遞修辭法的「遞降」關係。這種表達方式，除了可使語言層次分明外，也表現出王小弟學音樂，虎頭蛇尾的心理。

要表達王小弟拉提琴不好聽的語意，寫作「提琴拉了一星期，覺得聲音像殺雞」，這是譬喻修辭法中，本體略微隱藏的「明喻」修辭法；這句話也兼用了間接誇飾修辭法，沒有直接揭示語意，而是採用誇大及譬喻方式把聲音難聽，言過其實的表達出來。

「口琴吹了一下子，覺得嘴痠好痛苦」這句，辭面上表達吹口琴時間的短暫，以縮小方式濃縮成「一下子」，這是應用了直接縮小式的誇飾修辭法；「嘴痠」，為摹況修辭法中的「觸覺摹寫」。

「鋼琴彈了一個月，覺得叮咚不好學，便去學習小提琴。」這句中的「叮咚」一詞，是摹況修辭法中的「聽覺摹寫」。在句中，它轉為借代的修辭，借來代替鋼琴。

「起頭興致沖沖，最後草草收尾」，「沖沖」、「草草」為同一個字詞的重疊出現，屬於類疊修辭法的「疊字」，有強調語意的效果。第五行的「學習小提琴」，第八行的「學習吹直笛」，第十一行的「學習吹口琴」等句子，

「學習」的詞，一再隔離出現，不但強調了「學習」的語意及貫串文意，收到呼應的效果，也可以使語言富有節奏美。這種同一個字詞一再的隔離出現，在修辭法上，屬於「類字」的類疊技巧。

兒歌品賞

二、你能指出本首兒歌應用了幾種修辭法嗎？

一、謎底：虎頭蛇尾

二、本首兒歌應用了頂真、層遞、摹況、借代、婉曲、類疊、譬喻、誇飾等修辭法。

二九、大官的庭院

從前有位大官，
門前庭院好寬。
他受到皇帝欣賞，
上門求見的賓客，
好像漲潮的海浪。

後來他被罷官，
賓客走光光，
麻雀把庭院當農場。
網子一撒，
一群一群的麻雀便上網。

做官時，
賓客紛紛來訪，
門庭若市好風光；
罷官時，
賓客不上場，
請問，這是什麼景象？

一、猜一句成語？　謎底：（　　　　　　）

門可羅雀

解釋　形容來訪的賓客很少。羅：用網捕抓。

例句　這家商店自從前面挖馬路後，生意一落千丈，門可羅雀。

相似　門庭冷落

相反　往來如織、門庭若市

接龍　門可羅雀→雀屏中選→選賢與能

羅字的創造是根據「从网从糸从隹」而來，意思是「以絲網網鳥」。「門可羅雀」的意思是「大門前可以張網捕捉麻雀」，暗示來這家拜訪的人很少。這首兒歌應用譬喻、對偶、類疊、轉化、誇飾、設問、映襯等修辭法來寫作。

第一小節：「從前有位大官，門前庭院好寬。他受到皇帝欣賞，上門求見的賓客，好像漲潮的海浪。」「上門求見的賓客，好像漲潮的海浪」意思是上門求見的賓客很多，一波又一波。這句有本體、喻詞、喻體，是譬喻修辭法中的「明喻」。

第二節：「後來他被罷官，賓客走光光，麻雀把庭院當農場。網子一撒，一群一群的麻雀便上網。」這段話用上了類疊、轉化、誇飾等修辭法。

「賓客走光光」的句子，「光」字重疊以加強語意，屬於類疊修辭法的「疊字」；「麻雀把庭院當農場」，這兒把麻雀「擬人」，屬於轉化修辭；「網子一撒，一群一群的麻雀便上網」，這兒除了「一群」重疊，屬於類疊修辭法外，也誇飾了麻雀因為長久沒有人登門，消除了警戒心而被捉。

第三小節：「做官時，賓客紛紛來訪，好風光；罷官時，賓客不上場，請問，這是什麼景象？」這段話應用了類疊、映襯、譬喻、設問等修辭法。

「賓客紛紛來訪」這句，「紛」字重疊，為類疊修辭法的「疊字」；「賓客紛紛來訪」和後面「賓客不上場」意思相對，為映襯修辭法的「對比」；「門庭若市」為譬喻修辭法的「明喻」；「罷官時，賓客不上場，請問，這是什麼景象？」這個問句，屬於設問修辭法。

兒歌品賞

二、你能指出本首兒歌應用了幾種修辭法嗎？

一、謎底：門可羅雀

二、本首兒歌應用了譬喻、對偶、類疊、轉化、設問、映襯等修辭法。

三〇、學走路

燕國有個少年郎，
走起路來像大象。
趙國邯鄲人走路，
輕盈優雅像跳舞。
燕國少年去邯鄲，
想學優雅走路樣。
學了三年學不像，

只好死心回家鄉。
忘了當初怎麼走，
居然爬著回燕國。
後人談起這件事，
都說不必亂模仿。

一、猜一句成語？　謎底：（　　）

邯鄲學步

解釋　比喻一味的模仿別人，反而無法發現自己的優點。邯鄲：古時趙國的城市。學步：學習走路的方式和技巧。

例句　你老是邯鄲學步，不但沒有自己的風格，也很難進步。

相似　生搬硬套、東施效顰

接龍　邯鄲學步→步步高升→升官發財

學習任何事情，除了要把握它的精髓，學一樣像一樣外，也要發揮自己的專長，把事情學得更好。如果不把握精髓只一味的模仿，生搬硬套，東施效顰，不但學不到想要的東西，反而會喪失自己的優勢。本首兒歌應用譬喻、映襯、類疊、誇飾、示現等修辭法寫的〈學走路〉，說的就是這樣的一個故事。

這首兒歌的第一段：「燕國有個少年郎，走起路來像大象。趙國邯鄲人走路，輕盈優雅像跳舞。」應用映襯和譬喻等修辭法來寫。這段話要敘述走路的形象，先寫一個走路笨重得像大象，再寫一個走路輕盈得像跳舞，這是「笨重」和「輕盈」的對比，應用映襯修辭法的「對比」技巧；兩個比喻都屬於譬喻修辭法的「明喻」手法。

第二、三段：「燕國少年去邯鄲，想學優雅走路樣。學了三年學不像，只好死心回家鄉。／忘了當初怎麼走，居然爬著回燕國。後人談起這件事，都說不必亂模仿。」這兩段是應用類疊、誇飾和示現來表現。文句中「學」字隔離出現，屬於類疊修辭法的「類字」；學走路學了三年學不會，最後忘了怎麼走路，竟然爬回家，這是誇飾的修辭法；把過去的事，採用繪形繪聲說得好像在眼前一樣，這是示現修辭法的應用。

兒歌品賞

二、你能指出本首兒歌應用了幾種修辭法嗎？

一、謎底：邯鄲學步

二、本首兒歌應用了譬喻、映襯、類疊、誇飾、示現等修辭法。

三一、買鞋子

西村有個孩子，
名字叫好學；
東村也有個孩子，
名字也叫好學。

東村的好學，
到城裡去買鞋子；
西村的好學，
也到城裡去買鞋子。

東村的好學，
看中的鞋子，
穿起來覺得太緊；
西村的好學，
看中的鞋子，
穿起來也覺得太緊。

東村的好學，
改買了同款大一號的鞋子；
西村的好學，

削短了腳趾，想穿那雙鞋。
大家都稱讚東村的好學，
靈巧，懂得變通；
大家都嘆息西村的好學，
愚笨，不知變通。
不知變通的事，
猜猜是哪句話？

兒歌品嘗

一、猜一句成語？　謎底：（　　　）

削足適履

解釋　比喻勉強湊合，不知道依情況變通。足：

腳。適：遷就。

例句

我們學習新事物，要懂得變通，才不會鬧出削足適履的笑話。

相似

生搬硬套

相反

因事制宜、量體裁衣

接龍

削足適履→履險如夷→夷為平地

小朋友，如果你去買鞋子，發現鞋子小了一些，沒辦法穿，你是放棄這雙鞋子？或是把自己的腳切小一點，勉強來穿這雙鞋子？

這首兒歌中東村和西村的「好學」都去買鞋子。鞋子太小了，東村的「好學」改買一雙大小適合的鞋子；西村的「好學」，把腳趾削短以適應小鞋子。這首兒歌採用雙關、映襯、仿擬、類疊、誇飾、設問等修辭法，記載了一個「削足適履」的故事，告訴我們：勉強遷就於不合適的事情，是愚痴、可笑的行為。

兒歌中，採用對比方式，記載東村和西村的「好學」行為，一個是靈巧、變通；一個是愚笨、頑固，兩相比較，為映襯修辭法的「兩方對比」。而東、西村的孩子，名字都叫「好學」，有雙關的作用，除了代表角色名稱外，也象徵「好學不倦」的優點。只不過東村的「好學」學買鞋子是對的，西村的「好學」學買鞋子卻錯了。

第二小節：「東村的好學，到城裡去買鞋子；西村的好學，也到城裡去買鞋子」；第三小節：「東村的好學，看中的鞋子，穿起來覺得太緊；西村的好學，看中的鞋子，穿起來也覺得太緊。」這兩小節描繪「西村好學」的句式，都是模仿前面「東村好學」的句式，這種寫作，屬於仿擬修辭法中的「仿句」。在這些句子中，有幾個詞語反覆出現，如「到城裡」、「買鞋子」「看中」、「穿起來」、「太緊」等等，這是應用了類疊修辭法的「類句」。

第四小節：「東村的好學，改買了同款大一號的鞋子；西村的好學，削短了腳趾，想穿那雙鞋。」這個段落，西村的好學為了想穿那雙鞋，削短了腳趾，這是誇飾修辭法中的「縮小」法。

最後一節：「不知變通的事，猜猜是哪句話？」這是一個懸示問題的設問句，屬於設問修辭法。

兒歌品賞

二、你能指出本首兒歌應用了幾種修辭法嗎？

一、謎底：削足適履

二、本首兒歌應用了雙關、映襯、仿擬、類疊、誇飾、設問等修辭法。

三二、一個讀書人的夢

從前有個讀書人，
名字叫做淳于棼。
日日夜夜嘴喃喃，
怎樣才能做大官。

一天醉倒槐樹坡，
忽然來到大槐國。
大槐國有南柯郡，
南柯郡卻缺太守。

國王封他為太守，
要他保衛大槐國；
又把公主嫁給他，
讓他真正有個家。

太守當了二十年，
快樂逍遙像神仙。
有兒有女萬事足，
日子過得好幸福。

一天敵人來侵犯，
太守帶兵去抵抗。
打了三天又三夜，
太守軍隊打敗仗。

屋漏偏逢連夜雨，
公主這時又身亡。
國王不再喜歡他，
太守只好回家鄉。

于棼回到家鄉時，
發現自己趴樹上。

剛才擔任太守事，
原來竟是夢一場。

槐樹下有螞蟻洞，
于棼扒開來細看。
南柯郡城大小路，
居然跟蟻洞一般。

于棼經過這件事，
讀書不再為做官。
充實自我最快樂，
于棼從此心安安。

一、猜一句成語？　謎底：（　　　　）

南柯一夢

解釋　比喻世間所有的名利富貴，就像一場夢。

柯：樹枝。

例句　我以為真的考了第一名，結果只是南柯一夢罷了。

相似　一場春夢、黃粱一夢

接龍　南柯一夢→夢想成真→真相大白

大家都會做夢，所謂「日有所思，夜有所夢」，夢裡的事，常常是自己心理的反應。這首兒歌寫的是從前一個讀書人，想做大官和發財的夢。讀書是為了接觸許多知識，打開眼界，使人生過得很有意義；其次，有機會的話，發揮所學，貢獻社會，造福人群。讀書並不是為了能做大官發大財。看看他的夢，我們也可以知道，如果讀書只為做官發財，那卻是一樁可憐的事。這首兒歌應用誇飾、類疊、摹況、頂真、譬喻、對偶、引用、婉曲等修辭法，將一個迷於做官的讀書人，做夢和夢醒的故事寫出來，供後人警惕。

第一小節要寫那個讀書人「整天都想做大官」的語意，寫作「日日夜夜嘴喃喃，怎樣才能做大官。」句子中，採用類疊修辭法的「類字」方式，重複「日」字和「夜」字，把「日夜」寫成「日日夜夜」，除了富有詩歌的節奏美外，也可以加強語意；又採用摹況修辭法中「聽覺摹寫」的方式，將盼望做官的心聲，透過嘴，以「喃喃」的聲音表現。這樣一寫，就比只寫「整天都想做大官」的句子較具體、生動。另外，敘述淳于棼「日日夜夜嘴喃喃，怎樣才能做大官」的句子，也富有誇大的特色，這又應用了誇飾的修辭法。

第二小節的「一天醉倒槐樹坡，忽然來到大槐國。大槐國有南柯郡，南柯郡卻缺太守」，第二句末的「大槐國」詞，是第三句的開頭，第三句末的「南柯郡」詞，又成為第四句的開頭。這種充當上下句銜接橋梁的詞語，應用了頂真的修辭技巧，目的是讓前後語意自然而緊湊的銜接，並增加語言的趣味及節奏美。

「太守當了二十年，快樂逍遙像神仙」的句子，它的本體是「太守當了二十年，非常快樂逍遙」，喻詞是「像」，喻體是「神仙」；本體、喻詞、喻體都具備了，這是採用譬喻修辭法中的「明喻」方式表達。

「有兒有女萬事足，日子過得好幸福」的句子，「有兒」對「有女」，屬於對偶修辭法的「句中對」。

「屋漏偏逢連夜雨，公主這時又身亡」的句子中，「屋漏偏逢連夜雨」是暗引俗語的句子，這是引用的修辭法；這句話又含蓄的表達「禍不單行」，也就是倒楣的事接連到來的語意，因此也有婉曲的修辭特色。

「充實自我最快樂，于棼從此心安安」的句子，後句如果寫作「于棼從此心安」，語意也清楚了，這兒把「心安」寫作「心安安」，為類疊修辭法中「疊字」的應用，除了加強「心安」的語意外，全句共為七句，跟上句七字相映，較富韻律美。

兒歌品嘗

二、你能指出本首兒歌應用了幾種修辭法嗎？

一、謎底：南柯一夢

二、本首兒歌應用了類疊、摹況、誇飾、頂真、譬喻、對偶、引用、婉曲等修辭法。

三三、是鹿或是馬

趙高趙高真糟糕，
秦始皇，一死掉，
就把大權抓牢牢。
首先擁立胡亥做皇帝，
接著考驗大臣的心意。

他上朝帶了一隻花鹿，
皇帝問他為什麼帶鹿？
他說：
「這是馬，不是鹿，
請皇上，看清楚。」

皇上很驚訝，
以為眼昏花，
趕忙問大臣，
是鹿或是馬？

大臣怕趙高，
大家都說：
「這是馬，不是鹿，

請皇上，看清楚。」
指著太陽說月亮，
指著螞蟻說蟑螂。
混淆是非不像話，
趙高也沒好下場。

顛倒黑白可真差，
哪句成語形容它？
請你想一想，
再回答。

兒歌品嘗

一、猜一句成語？（　　　　）

指鹿為馬

解釋

指著鹿卻說是馬，比喻故意混淆是非。

例句　這種指鹿為馬的話，根本沒有人會相信。

相似　混淆是非、顛倒黑白

相反　求名責實

接龍　指鹿為馬→馬到成功→功成名就

指著鹿，說是馬，連三歲的小孩也知道這是有意顛倒黑白的亂來。秦朝的大臣趙高為什麼會這樣做呢？原來他是藉這個事情來測驗朝中的臣子，哪個是皇帝那邊的人，哪個是趙高這邊的人。本首兒歌應用類疊、婉曲、設問、引用、對偶、譬喻等修辭法把這個故事寫出來，讓小朋友們也知道，有些壞人要達到目的，就會顛倒黑白，混淆是非，我們要識破他們的心機，防備他們。

這首兒歌第一小節「趙高趙高真糟糕，秦始皇，一死掉，就把大權抓牢牢」的詩句，「趙高」和「牢」字重疊出現，應用了類疊修辭法中的「疊字」手法。

「他上朝帶了一隻花鹿，皇帝問他為什麼帶鹿？他說：『這是馬，不是鹿，請皇上，看清楚。』」皇帝問他為什麼帶鹿上朝？根據常理來說，趙高應該恭敬的回答帶鹿上朝的原因。這兒趙高不但不就問題回答，反而強辯說是馬，不是鹿，並質問皇帝為什麼看錯？這樣的敘述，也就顯現了趙高大權在握，不把皇帝看在眼裡的跋扈特性。這種表達法撇開正面，從側面說出，應用了婉曲修辭法中的「含蓄」手法寫出。

「皇上很驚訝，以為眼昏花，趕忙問大臣，是鹿或是馬？」這是設問修辭法中，懸示問題而沒有答案的「懸問」。

「大臣怕趙高，大家都說：『這是馬，不是鹿，請皇上，看清楚。』」這段句子中的「這是馬，不是鹿，請皇上，看清楚」，複述前面趙高說的話，屬於引用修辭法中的「暗引」。

「指著太陽說月亮，指著螞蟻說蟑螂。混淆是非不像話，趙高也沒好下場。」這段話中，「指著太陽說月亮，指著螞蟻說蟑螂」的句子，上下兩句字數相等、語法相似，屬於對偶修辭法中的「單句對」。這兩句話跟下一句話「混淆是非不像話」有關；如果把這三個句子當做譬喻句，那麼「混淆是非不像話」就是譬喻句的「本體」，「指著太陽說月亮，指著螞蟻說蟑螂」就是兩個「喻體」。這是個省略「喻詞」，只有「本體」和「喻體」的譬喻，也就是譬喻修辭法中的「略喻」。

如果「指著太陽說月亮，指著螞蟻說蟑螂」的句子不跟第三句連著看，也就是只有「喻體」，省略了「本體」和「喻詞」，那就是譬喻修辭法中的「借喻」。

另外，「指著太陽說月亮，指著螞蟻說蟑螂」的句子中，「指著」和「說」

的詞語隔離出現，也應用了類疊修辭法。

最後一小節的「顛倒是非不像話，哪句成語形容它？」為懸示問題而沒有提出答案，修辭的方式屬於設問修辭法中的「懸問」。

兒歌品賞

二、你能指出本首兒歌應用了幾種修辭法嗎？

一、謎底：指鹿為馬

二、本首兒歌應用了類疊、婉曲、設問、引用、對偶、譬喻等修辭法。

三四、閣樓一把火

城門前有個大池塘，
池塘的水一片汪洋。
池水裡養了許多魚，
魚兒來往和樂安詳。

城門上有個大閣樓，
閣樓建築富麗堂皇。
城門前遊客熙熙攘攘，
大家扶老攜幼來觀賞。

閣樓有一天卻失火，
火光沖天，
十里外都可以看見。
行人遊客趕來滅火，
水桶一桶接著一桶，
池塘的水都被舀空。

火滅了，
水也光了，
池塘的魚遭殃了。

魚兒們一定想不通，
為什麼閣樓一把火，
會害牠們把命送？

兒歌品嘗

一、猜一句成語？　謎底：（　　　　）

殃及池魚

解釋

比喻無緣無故受到連累。殃：危害。池：古時候可以抵禦敵人的護城河。

例句

這樣的決定恐怕會殃及池魚，我們還要多加考慮。

相似

波及無辜、城門失火、無妄之災

接龍

殃及池魚→魚目混珠→珠光寶氣

城門失火了會如何？為了滅火，附近池塘的水、井裡的水、蓄水池的水，都被舀光去滅火。池塘的水被舀光，池魚也就缺水而死了。由於城門失火需要水來滅，魚也受到牽累，賠了命。後人形容被不相干事物牽累而受到災禍的事，就說是「城門失火」或「殃及池魚」。本首兒歌應用頂真、摹況、類疊、對偶、轉化、誇飾、設問等修辭法，把這故事寫出來。

「城門前有個大池塘，池塘的水一片汪洋」，這兩句話為修辭法綜合運用的連用。「池塘」一詞為第一句的句末，也是第二句的句首，這是頂真修辭法中句與句間的頂真，叫「句間頂真」又叫「聯珠格」。「池塘的水一片汪洋」，以「汪洋」形容池水，略顯誇大，屬於誇飾修辭法。這兩個句子，連用了頂真和誇飾的修辭法。

「城門上有個大閣樓，閣樓建築富麗堂皇」的句子，「樓閣」一詞為第一句的句末，也是第二句的句首，這也是頂真修辭法中的「句間頂真」。

「城門前遊客熙熙攘攘，大家扶老攜幼來觀賞」，這兩句話也是修辭法綜合運用的「連用」。「城門前遊客熙熙攘攘」的「熙熙攘攘」，除了有類疊修辭法中「疊字」的應用外，也是摹寫遊客眾多的情景，屬於摹況修辭法中「視覺」兼「聽覺」的摹寫。另外，「大家扶老攜幼來觀賞」的句子中，「扶老」對「攜幼」，為對偶修辭法中「句中對」，也就是「當句對」的類別。因此，這兩句話連用了類疊、摹況和對偶的修辭法。

「閣樓有一天卻失火，火光沖天，十里外都可以看見」這段話，「火光沖天」是形容火勢很大，應用「沖天」以及「十里外都可以看見」來形容，便是應用了「誇大」的誇飾修辭法。

「水桶一桶接著一桶」的句子，「一桶」的短語隔離反覆出現，為類疊修辭法中的「類字」。

「魚兒們一定想不通，為什麼城門失火，會害牠們把命送？」這段話中，應用了轉化修辭法中的「擬人」和設問修辭法中的「懸問」寫出。句子中把魚當做人，說牠們想不通，這是「擬人」的修辭技巧；「為什麼城門失火，會害牠們把命送？」的疑問句，屬於設問修辭法的「懸問」。

兒歌品嘗

二、你能指出本首兒歌應用了幾種修辭法嗎？

一、謎底：殃及池魚

二、本首兒歌應用了頂真、摹況、類疊、對偶、轉化、誇飾、設問等修辭法。

三五、兔子造窩

兔媽媽對小兔子說：

「你們已經長大了，
要靠自己生活。
我們的敵人好多，
野狼、大熊和獵狗，
都要找我們下手。」

小兔子問：

「敵人這麼多，
我們要怎麼做？」

兔媽媽說：

「一有風吹草動，
不是跑就是躲。」

小兔子又問：

「要找什麼地方躲？」

兔媽媽說：

「最安全的地方就是

自己的窩。
每隻兔子，
最少也要造三個窩。
每個窩，要有兩個出口，
才可以放心躲。」

小兔子聽進了媽媽的話，
都造了三個窩，
在森林裡，
過得安全又快活。

兒歌品嘗

一、猜一句成語？　謎底：（　　）

狡兔三窟

解釋　比喻掩蔽的方法多，藏身的計畫很完善。

窟：洞穴。

例句

即使歹徒狡兔三窟，東躲西藏，最後還是被警察逮捕歸案。

相反

山窮水盡、走投無路

接龍

狡兔三窟→窟裡拔蛇→蛇心佛口

獵人帶著獵狗要捉兔子，兔子為了逃命，常常造了三個洞穴來躲避。站在獵人的立場，總是責備兔子好狡猾，挖了那麼多洞穴躲避獵人的捉拿；站在兔子的立場，卻是慶幸自己挖了那麼多的洞穴可以躲避獵人的追捕。「狡兔三窟」通常用來形容一個人藏身的地方很多，不容易被發現。本首兒歌站在兔子立場來寫，表達要提早防止禍患，不要陷入絕境。這首兒歌應用了轉化、設問、象徵、對偶、類疊、摹況、示現等修辭法來寫。

開頭即以對話來敘述：「兔媽媽對小兔子說：『你們已經長大了，要靠自己生活。我們的敵人好多，野狼、大熊和獵狗，都要找我們下手。』／小兔子問：『敵人這麼多，我們要怎麼做？』／兔媽媽說：『一有風吹草動，不是跑就是躲。』／／」。

這段話中，將兔子擬人，讓牠們會思考、會說話，這是應用轉化修辭法的「擬人法」來寫的，可使故事更有人情味，更生動。其中小兔子問：「敵人這麼多，我們要怎麼做？」這是應用設問修辭法來寫，化平敘為疑問，可以引起讀者或聽者的注意。

兔媽媽說：「一有風吹草動，不是跑就是躲。」這兒的「風吹草動」，從內容來說，象徵「危險的徵狀」，具有象徵修辭法的特色；從形式來說，「風吹」與「草動」相對，又屬於對偶修辭法的「單句對」。

後段：「小兔子又問：『要找什麼地方躲？』／兔媽媽說：『最安全的地方就是自己的窩。每隻兔子，最少也要造三個窩。每個窩，要有兩個出口，才可以放心躲。』／小兔子聽進了媽媽的話，都造了三個窩，在森林裡，過得安全又快活。／／」這段話也用了轉化、設問等修辭法。其中類疊修辭法也用上，例如「兔子」、「窩」、「躲」等詞的隔離出現。

這首兒歌屬於想像的情境，把想像的情境繪形繪聲的描寫出來，這是應用了示現修辭法中「懸想」的技巧。

兒歌品賞

二、你能指出本首兒歌應用了幾種修辭法嗎？

一、謎底：狡兔三窟。

二、本首兒歌應用了轉化、設問、象徵、類疊、示現等修辭法。

三六、狼和狽

從前有一隻狼，
後腳短短，前腳長長，
走起路來，
踢踢踏踏不順暢。

狽的身材跟狼很像，
但是前腳短短，後腳長長，
走起路來，
一晃又一晃。

牠們走路雖然不順暢，
但是狼常爬到狽的身上，
疊起羅漢，
從事偷雞摸狗的勾當。

農夫發現這種情況，
氣得牙癢癢，
卻想不出辦法阻擋。
狼和狽還是跟往常一樣，
從事偷雞摸狗的勾當。

一、猜一句成語？　謎底：（　　　　）

狼狽為奸

解釋　比喻互相勾結做壞事。狽：一種長得像狼的動物。

例句　同學之間要相親相愛，彼此加油打氣，不能夠狼狽為奸，結夥做壞事。

相似　同流合汙、隨波逐流

相反　潔身自愛

狼的體型像狗，牙齒銳利，性情兇暴，不但會獵殺禽獸，有時也會危害行人。狼給人的印象很壞，因此語言裡扯上「狼」字的詞語，常常帶有負面的意思，如「狼心狗肺」、「狼吞虎嚥」、「狼子野心」、「狼狽不堪」、「狼狽為奸」等等。「狼狽為奸」指的是壞人互相勾結，一起做壞事。本首兒歌應用轉化、對偶、類疊、譬喻、摹況、誇飾、示現等修辭法，把狼和狽如何一起害人的事寫出來。

開頭「從前有一隻狼，後腳短短，前腳長長，走起路來，踢踢踏踏不順暢」這一小節，把「狼」轉化為人，屬於轉化修辭的「擬人法」；句中還兼了對偶、類疊等修辭法，例如「後腳短短，前腳長長」這兩句，前後句字數相同，語法相似，為對偶中的「單句對」；而「短短」、「長長」，屬於類疊修辭法的「疊字」。「踢踢踏踏不順暢」是模擬走路的聲音，屬於摹況修辭法中的「聽覺摹寫」。

第二小節：「狽的身材跟狼很像，但是前腳短短，後腳長長，走起路來，一晃又一晃。」這段詩句除了跟前面一樣用到轉化、對偶、類疊、摹況外，也用上譬喻。例如「狽的身材跟狼很像」，這是譬喻修辭法的「明喻」。

末段「農夫發現這種情況，氣得牙癢癢，卻想不出辦法阻擋。狼和狽還是跟往常一樣，從事偷雞摸狗的勾當。」這段話中，「農夫氣得牙癢癢」，這是誇飾兼類疊。「從事偷雞摸狗的勾當」，「偷雞」和「摸狗」兩詞語相對，為對偶修辭法的「句中對」。

狼和狽的故事屬於懸想的事件，不是真的發生過，現在把想像的事，敘述得好像發生在眼前，這是「示現」修辭法的應用。

兒歌品賞

二、你能指出本首兒歌應用了幾種修辭法嗎？

一、謎底：狼狽為奸

二、本首兒歌應用了轉化、對偶、類疊、譬喻、誇飾、示現等修辭法。

三七、小偷偷鐘

從前有座廟，
廟前有口鐘，
鐘聲被敲響，
和尚就起床。

有個傻小偷，
半夜來偷鐘。
鐘被卸下來，
噹啷響嗡嗡。

小偷怕鐘聲，
驚動和尚夢，
趕忙捂耳朵，
以免吵醒人。

和尚都來了，
小偷被捉了。
小偷被捉了，
一直喊奇怪：

「我已閉眼睛，
怎麼被看見？
我已掩耳朵，
怎麼被聽到？」

兒歌品嘗

一、猜一句成語？　謎底：（　　　　）

掩耳盜鈴

解釋　比喻自己欺騙自己。掩：摀住。盜：偷竊。

例句　說謊又有什麼意義呢？只不過是掩耳盜鈴的行為罷了。

相似　自欺欺人

接龍　掩耳盜鈴→鈴聲大作→作威作福

呂氏春秋一書中說，有個百姓碰見了一口鐘，想把鐘背走，鐘太大了背不動，於是用椎打鐘，希望把鐘撞壞成若干片而帶走。鐘被敲得噹啷有聲，這個人怕別人聽到來抓他，趕忙掩住自己的耳朵，以為這樣，別人就聽不到鐘聲了。「掩耳盜鈴」是摀住耳朵去偷盜大鐘，以為別人不會聽到鐘聲，這是自欺欺人，沒有用的。一個人出發點不正，他做的事不管如何自圓其說，別人也不會相信。這首兒歌應用頂真、摹況、示現、類疊、設問、對偶等修辭法，把它表達出來。

開頭前兩小節：「有個傻小偷，半夜來偷鐘。鐘被卸下來，噹啷響嗡嗡。／小偷怕鐘聲，驚動和尚夢，趕忙摀耳朵，以免吵醒人。」這段話用了頂真、摹況、示現、類疊等修辭法。

第二句末的「鐘」字，為第三句的開頭，「鐘」是句與句的接榫字，這是頂真修辭法的「句間頂真」，又叫「聯珠格」，可使上下句緊湊的連接，而且富有節奏美。「鐘被卸下來，噹啷響嗡嗡」這句，「噹啷」是鐘的響聲，「嗡嗡」是回聲，這是摹況修辭法的「聽覺摹寫」，可以具體的反映鐘被敲打，以及回音的情形。

「小偷怕鐘聲，驚動和尚夢，趕忙捂耳朵，以免吵醒人」的句子裡，「小偷捂耳朵」，把過去發生的事，描寫得彷彿仍在眼前，這是應用示現修辭法的「追述示現」寫的，可以使語文具體和生動。這兩小節文句，「小偷」一詞的連續出現，這是類疊修辭法的「類字」應用，可以貫串文意，收到呼應的效果。

後兩小節：「和尚都來了，小偷被捉了。小偷被捉了，一直喊奇怪：／『我已閉眼睛，怎麼被看見？我已掩耳朵，怎麼被聽到？』」這段話運用了頂真、示現、設問、對偶、類疊等修辭法。

「小偷被捉了」這句，為第一小節前兩句的末尾，也是後兩句的開頭，這是接榫句，為頂真修辭法的「句間頂真」；小偷被捉而喊「奇怪」的話，屬於示現修辭中的「追述示現」；「我已閉眼睛，怎麼被看見？我已掩耳朵，怎麼被聽到？」一、三句相對，二、四句相對，屬於對偶修辭法的「隔句對」；這四句中，有兩句是設問修辭法的「懸問」；至於「小偷」、「我已」、「怎麼」等詞語，一再出現，屬於類疊修辭法的「類字」或「疊字」。

兒歌品嘗

二、你能指出本首兒歌應用了幾種修辭法嗎？

一、謎底：掩耳盜鈴

二、本首兒歌應用了頂真、摹況、示現、類疊、設問、對偶等修辭法。

三八、小偷和主人

從前有個小偷，
想偷城裡銀樓。
躲在屋頂梁後，
想找機會下手。

三更半夜時候，
正要準備去偷，
主人召集子孫，
圍坐客廳四周。

主人開口就說：
「天有好生之德，
每人努力工作，
那就不愁吃喝。」

「偷竊習慣養成，
那就無法翻身。
屋梁上的君子，
快快重新做人。」

屋梁上的小偷，
跪在主人面前，
感謝他的指點，
從此不再偷錢。

兒歌品嘗

一、猜一句成語？　謎底：（　　　　　）

梁上君子

解釋　竊賊、小偷的代稱。梁：屋梁。君子：指才能出眾，德行高尚的人。

例句　近日來，停車場常發生遭梁上君子光顧的事件，已經引起警方密切注意。

相似

江洋大盜、鼠竊狗盜

相反

仁人君子、正人君子

接龍

梁上君子→子子孫孫→孫子兵法

一句話，可以救人；一句話，也可以害人。古人說：「一言興邦」，一句話有時也可以救一個國家。小偷就是小偷，為什麼稱呼他為「梁上君子」呢？你看了這則兒歌，就可以知道主人這樣的稱呼小偷，保留了小偷的自尊，也使小偷勇於改過，重新做人。這首兒歌應用引用、借代、示現、類疊、婉曲等修辭法來寫。

這首兒歌採用順敘法，先敘述小偷溜進銀樓，躲在屋頂的梁柱後，希望半夜時找機會偷東西。接著敘述主人發覺了，召集家人訓話，暗示每個人只要努力工作，自然可以過活，不會淪落當小偷。最後以「梁上君子」稱呼小偷，喚起小偷的自尊心，使小偷改過做人。這是按照發生、經過、結果的次序寫出的兒歌。

第三小節：「主人開口就說：『天有好生之德，每人努力工作，那就不愁吃喝。』」「天有好生之德」是暗引古人的話，這兒應用了引用的修辭法。「每人努力工作，那就不愁吃喝」的句子，以「吃喝」代表生活的全部，這是借代修辭法中「部分和全體的相代」。而主人開口講的那段話，為示現修辭法的「追述」示現。

第四小節：「偷竊習慣養成，那就無法翻身。屋梁上的君子，快快重新做人。」「無法翻身」表示改不過來，這是婉曲修辭法的「曲折」技巧。「屋梁上的君子，快快重新做人」，「快快」一詞是「快」字的疊用，有加強語意的效果，屬於類疊修辭法的「疊字」。

兒歌品賞

二、你能指出本首兒歌應用了幾種修辭法嗎？

一、謎底：梁上君子

二、本首兒歌應用了引用、借代、示現、類疊、婉曲等修辭法。

三九、好心的老農夫

鄉下有個老農夫，
生活過得好艱苦。
冬天沒有厚衣服，
常常凍得叫呼呼。

有一天下午，
太陽暖烘烘的照著，
老農夫在太陽下，
晒得好舒服。

他想到了國王，
不知道是否溫暖？
連忙把晒太陽的祕方，
飛快的呈獻給國王。

國王有熊熊的火爐，
國王有保暖的衣服。
國王不需要晒太陽，
就已得到溫暖。

國王聽了老農夫的祕方，
高興有人關心他的健康。

國王感謝老農夫，
也關心農夫幸福。

兒歌品嘗

一、猜一句成語？　謎底：（　　　　）

野人獻曝

解釋

比喻平凡人所能夠貢獻的普通事物，常用來謙稱自己的貢獻。野人：指住在鄉野地方的老百姓。曝：晒太陽。

例句

關於捐贈二手書和二手電腦這件事，我不過是野人獻曝，請各位別嫌棄。

修辭賞析

一般人謙稱自己所提的意見叫做「野人獻曝」。「曝」是晒太陽取暖的意思。「野人獻曝」意思是沒見過世面的人，得到一點小見聞，趕忙把它呈現出去。現在引申為以物品或意見貢獻於人的謙稱。本首兒歌應用摹況、婉曲、設問、譬喻、對偶、類疊、借代等修辭法，將故事表達出來。

「鄉下有個老農夫，生活過得好艱苦。冬天沒有厚衣服，常常凍得叫呼呼。」這段話的寫法，採用「先總後分」的結構。先總說「老農夫生活艱苦」，再舉老農夫在冬天凍得呼呼叫的例證說明。「凍得叫呼呼」的「呼呼」，是摹寫身體冷得發抖而叫出的聲音，屬於摹況修辭中的「聽覺摹寫」。

「有一天下午，太陽暖烘烘的照著」這句，「暖烘烘」是形容陽光的溫暖，屬於摹況修辭中的「觸覺摹寫」。

「他想到了國王，不知道是否溫暖？連忙把晒太陽的秘方，飛快的呈獻給國王。」前一句的形式採用「提出問題而沒有答案」的「懸問」技巧，屬於設問修辭中的一種；而整段句子的內容，寫出了非常關懷國王健康的心聲，有婉曲的修辭特色。另外，「把晒太陽的祕方，飛快的呈獻給國王」中的「飛快」，就是像飛一樣快，應用了譬喻修辭法。

「國王有熊熊的火爐，國王有保暖的衣服」這兩句是綜合修辭法的應用，在這個語言裡，包含了對偶、摹況以及類疊等三種修辭法。「國王有熊熊的火爐，國王有保暖的衣服」的句子，上下兩句，字數相等，句法相似，屬於對偶修辭法中，上一單句與下一單句相對的「單句對」，目的是使語言富有節奏美，容易記誦。「熊熊的火爐」一語，表示火爐裡的炭火燒得很旺，使人感到溫暖，用「熊熊」來形容，這是採用「視覺摹寫」來具體反映事物的情狀，應用了摹況修辭法。「國王有」這個語詞，隔離出現在上下兩句中，應用了類疊修辭法中的「類句」。

「國王聽了老農夫的祕方，高興有人關心他的健康。」這兒的「祕方」是借代晒太陽而得到溫暖的意思，屬於借代修辭法。

「國王感謝老農夫，也關心農夫幸福」這句，「農夫」一詞，屬於字詞隔離，為類疊修辭法的「類字」。

兒歌品賞

二、你能指出本首兒歌應用了幾種修辭法嗎？

一、謎底：野人獻曝

二、本首兒歌應用了摹況、婉曲、設問、譬喻、對偶、類疊、借代等修辭法。

四〇、嘴唇和牙齒

嘴唇和牙齒，
一對好同伴。
嘴唇靠牙齒，
才能顯豐滿；
牙齒靠嘴唇，
才不受風寒。

有一天，
牙齒碰傷了嘴唇，
牙齒不但不道歉，
反而怪嘴唇擋在前面。
牙齒不把嘴唇當朋友，
嘴唇提議大家分手。

從此以後，
牙齒失去了朋友，
在寒風中，
凍得發抖。

兒歌品嘗

一、猜一句成語？　謎底：（　　　）

脣亡齒寒

解釋

嘴脣沒有了，牙齒就會感到寒冷。比喻關係密切，利害與共。

例句

這件事情對每個人來說，就像是脣亡齒寒的關係，當然要謹慎。

相似

休戚相關、覆巢之下無完卵

相反

風馬牛不相及

接龍

脣亡齒寒→寒花晚節→節外生枝

嘴唇沒有了，牙齒也會感到寒冷。」講的雖然是嘴唇和牙齒的關係，但是擴大來說，卻是形容彼此關係密切，不可分離。本首兒歌應用轉化、對偶、類疊、示現、摹況等修辭法，將這個事件寫出，希望引起小朋友知道，「唇齒相依」的關係，凡事都要有整體觀念，不要只考慮到自我。

「嘴唇和牙齒，一對好同伴。嘴唇靠牙齒，才能顯豐滿；牙齒靠嘴唇，才不受風寒。」嘴唇和牙齒，都是身體的一部分，它們不會思考、不會講話，現在把它們當作人，讓它們會思考、會講話、會吵架，這是描述一件事物時，轉變其原來性質，化成另一種本質不同的事物而加以形容敘述的修辭法，也就是轉化修辭法。轉化修辭法有擬人、擬物、擬虛為實法等三種。擬人就是把事物當做人，這兒把嘴唇、牙齒當作人，就是轉化修辭法的「擬人」，本首兒歌就是應用「全篇擬人」手法寫的。

這段話的結構，屬於「總分法」的結構。先「總說」嘴唇和牙齒是一對好同伴，接者「分說」它們如何使對方得到好處；這是「總分法」中的「先總後分」結構。在「嘴唇靠牙齒，才能顯豐滿；牙齒靠嘴唇，才不受風寒」的句子裡，第一句跟第三句對，第二句跟第四句對，屬於對偶修辭法中的「隔句對」；句子中的「嘴唇」、「牙齒」的詞隔離出現，應用了類疊修辭法中「類字」的技巧。

「牙齒不把嘴唇當朋友，嘴唇提議大家分手。」「嘴唇」一詞隔離出現，屬於類疊修辭法中的「類字」。

「從此以後，牙齒失去了朋友，在寒風中，凍得發抖。」這段話裡，除了把牙齒當作人來描寫，應用了轉化修辭法的「擬人」手法外，也根據想像，把牙齒如何受凍的情形說得像真在眼前一樣，應用了示現修辭法中的「懸想」手法表達。而要描寫牙齒受凍的情形，採用眼睛看得見的「發抖」來表現，也兼用了摹況修辭法中的「視覺摹寫」技巧。

兒歌品嘗

二、你能指出本首兒歌應用了幾種修辭法嗎？

一、謎底：脣亡齒寒

二、本首兒歌應用了轉化、對偶、類疊、示現、摹況等修辭法。

四一、畫蛇

吃鹹蛋，加鹽巴；
吃西瓜，吐渣渣。
大家都說不像話，
但卻有人這樣傻。

廟前有一壺酒，
人多，酒少，
不夠大家喝一口。
「誰先畫完蛇，
就請誰喝酒。」

主人這樣說，
大家都點頭。

有個人，畫完蛇，
拿起酒來就要喝，
看到別人畫得差太多，
便驕傲的說：
「把我的蛇，加上了腳；
你們的蛇，仍沒畫好！」

他正在畫蛇腳，
手裡的酒卻被搶跑。
一個已畫完的人說：
「加了腳，便不是蛇，
你沒有資格把酒喝。」

被搶走酒的人，
吞了吞口水說：
「我真糊塗，
畫了不必要的圖，
失去了美酒一壺。」

兒歌品賞

一、猜一句成語？　謎底：（　　　　　　）

畫蛇添足

解釋　比喻做事情多此一舉，不但沒有好處，反而愈弄愈糟糕。

例句　記住，畫蛇添足，反而會弄巧成拙，把事情搞得一團糟。

相似　多此一舉、弄巧成拙

相反　恰如其分、恰到好處

接龍　畫蛇添足→足智多謀→謀生之道

做事，要考慮該做不該做。做不該做的事，不但沒有加分，反而會敗壞事情。「畫蛇添足」，就是「多此一舉」，不該做的事。本首兒歌應用映襯、對偶、類疊、示現、摹況等修辭法，將故事寫出，供大家引以為戒。

在語文中，把兩種觀念、事物或景象，相互對照或襯托，使情意增長的修辭法，就叫做映襯。映襯可分為對比、正襯、反襯、側襯等四種。正襯就是應用性質相似的客體事物，襯托本體事物，使本體事物更顯明的修辭法。這首兒歌要寫的是「多此一舉」的故事，兒歌開頭第一小節寫：「吃鹹蛋，加鹽巴；吃西瓜，吐渣渣。大家都說不像話，但卻有人這樣傻。」鹹蛋很鹹，吃鹹蛋不必加鹽巴，加了鹽巴就是多此一舉，因為太鹹而不能入口。吃西瓜可以吐西瓜子，不必吐西瓜肉的纖維渣渣，吐了西瓜肉的渣渣，那也是多此一舉。開頭寫了兩個多此一舉的事件，這是為了正襯本首兒歌「畫蛇添足」的主旨，屬於映襯修辭法中的「正襯」手法。

「吃鹹蛋，加鹽巴；吃西瓜，吐渣渣」的句子，第一句和第三句相對，第二句和第四句相對，這是應用了對偶修辭法中「隔句對」的修辭技巧。這段話裡，「吃」字隔離出現，屬於類疊修辭法的「類字」；「渣渣」為類疊修辭法的「疊字」。

「廟前有一壺酒，人多，酒少，不夠大家喝一口。」「誰先畫完蛇，就請誰喝酒。」「主人這樣說，大家都點頭。」這段話應用了示現的修辭法。所謂示現修辭法，指的是把實際看不到、聽不著的事物，應用想像力，寫得可見可聞，活生生的出現在眼前的修辭法。廟主人請大家喝酒講的話，後人並沒聽過，現在把它說得好像正在眼前講，這就是應用想樣力加以繪形繪聲的再現，這就是示現修辭中「追述」的示現。「誰先畫完蛇，就請誰喝酒」這句話，「誰」字隔離出現，屬於類疊修辭法中的「類字」修辭。

「被搶走酒的人，吞了吞口水說：『我真糊塗，畫了不必要的圖，失去了美酒一壺。』」這兒的敘述，也是追述的「示現」。而「吞了吞口水」這個短語，兼應用了摹況修辭法中的「視覺」摹寫，把想喝酒的饞相，生動的表現出來。

兒歌品賞

二、你能指出本首兒歌應用了幾種修辭法嗎？

一、謎底：畫蛇添足

二、本首兒歌應用了映襯、對偶、類疊、示現、摹況等修辭法。

四二、幫助稻禾長大

嬰兒剛生下，
就要他會跑；
麥子剛開花，
就要做麵包。
不擇手段要達到，
事情就會更糟糕。

宋國有個農夫，
想法非常糊塗。
秧苗剛種下，
就要它長大。
一天看千次，
沒見秧長好；
親自下田去，
把秧苗拔高。

秧苗拔高後，
再也活不了。
農夫的希望，

從此報銷了。
故事發生後，
大家要記牢：
事情按部做，
不要耍花招。

農夫拔秧苗，
演成一句話。
那是什麼話？
請你猜猜吧！

兒歌品嘗

一、猜一句成語？　謎底：（　　　　）

揠苗助長

解釋　比喻使用不恰當的手段，急著要達成目標，反而把事情愈弄愈糟糕。揠：拔起來。

例句 學習新知要循序漸進，萬萬不能揠苗助長。

相似 欲速不達、適得其反

相反 水到渠成、按部就班、循序漸進

接龍 揠苗助長→長大成人→人來人往

農夫種田，為了幫助稻禾長大，可以把秧苗拔高嗎？相信小朋友都會知道這樣做不但對稻禾沒有幫助，可能還會害它枯死。做事要注意「按部就班」，不要為了快點達到目的，胡作亂為壞了大事。「幫助稻禾長大」這首兒歌，應用對偶、雙關、類疊、誇飾、頂真、設問、示現等修辭法，來表達這個道理。

第一小節：「嬰兒剛生下，就要他會跑；麥子剛開花，就要做麵包。不擇手段要達到，事情就會更糟糕。」這段話的前四句，應用了對偶、類疊和雙關的修辭法。第一句的「嬰兒剛生下」跟第三句的「麥子剛開花」相對；第二句的「就要他會跑」跟第四句的「就要做麵包」相對，這是隔句相對的「對偶」。句子中的「就要」一詞，隔離出現，為類疊修辭法的「類字」。這四句說的兩件事，相關兒歌中的「秧苗剛種下，就要它長大」，因此，富有雙關修辭的特色。

第三、四小節：「一天看千次，沒見秧長好；親自下田去，把秧苗拔高。／秧苗拔高後，再也活不了。農夫的希望，從此報銷了。」這段話裡，應用了誇飾、頂真、類疊的修辭法。「一天看千次」，表現出期望秧苗快長高的心情，「看千次」為誇飾的修辭法；「秧苗拔高」的語句，在第三節的末句，也出現為第四節的開頭，這是兩小節的接榫句，為頂真修辭法裡段與段的頂真，也就是「段間頂真」；「秧苗」一詞隔離出現，為類疊修辭法的「類字」。

最後一節的「農夫拔秧苗，演成一句話。那是甚麼話？請你猜猜吧！」這句話有個問號，提出了問題卻沒有答案，屬於設問修辭法的「懸問」。

另外，整個故事將想像的或已過去的事，敘述得如像目前正發生的，這是示現修辭法的應用。

兒歌品嘗

二、你能指出本首兒歌應用了幾種修辭法嗎？

一、謎底：揠苗助長

二、本首兒歌應用了對偶、雙關、類疊、誇飾、頂真、設問、示現等修辭法。

四三、老翁的話

塞外有個老翁，
想法跟人不同。
走失了一匹馬，
鄰人來慰問他，
他卻說：
「是我的，不怕牠跑開；
不是我的，留也留不來。」
鄰人聽了都嘆息，
認為頭腦有問題。

過了不久，走失的馬，
帶回了一匹馬。
鄰人都來道賀。
他又說：
「不必道賀，不必道賀。
跑來的馬，也許會惹禍。」
鄰人聽了又嘆息，
認為頭腦有問題。

新來的馬，不聽話，

老翁的兒子去騎牠，
摔了一大跤，斷了一隻腳。
鄰人都來慰問他。
他又說：
「摔壞了一隻腳，
還有一隻好腳。」
鄰人聽了又嘆息，
認為頭腦有問題。

過了些時候，
胡人來侵犯。

村莊的年輕人，
都被徵去作戰。
參戰的人，
死的死，傷的傷，
情況很悲慘。
老翁的兒子因為腿傷，
不用上戰場。

鄰人這時候才想起，
老翁說的話有道理。
老翁的想法變成歌，

大家常常低聲唱和：
「看得遠，看得遠，
好事就會到眼前；
看得開，看得開，
壞事變成好事來。」

兒歌品嘗

一、猜一句成語？　謎底：（　　　　）

塞翁失馬

解釋　比喻雖然暫時受到損失，卻因禍得福。塞：邊界上險要的地方。焉：哪裡。

例句　他因為訂不到機票，反而逃過空難，印證了塞翁失馬的真理。

相似

因禍得福

相反

樂極生悲

接龍

塞翁失馬→馬到成功→功成名就

外國哲學家曾說：「擁有，即是被擁有。」在人生中，我們擁有了某個人或某個事物，常常也是被這個人或這個事物擁有。例如你擁有了一隻可愛的寵物狗，你也被寵物狗擁有，得為牠準備食物，為牠做清潔工作。「擁有」雖然是喜悅的事，一旦「失去」，也不必太難過。人生看到眼前的「有」，有時也可以看看遠處的「無」。「有」跟「無」，也許是「相生」，不是「對立」的。「塞翁失馬」的故事，由「無」到「有」，包含了「焉知非福」的意思；也由「有」到「無」，表達人生的無常。本首兒歌應用映襯、類疊、回文、對偶、示現等修辭法，希望把故事生動的表現出來。

開頭的句子：「塞外有個老翁，想法跟人不同。走失了一匹馬，鄰人來慰問他，他卻說：『是我的，不怕牠跑開；不是我的，留也留不來。』鄰人聽了都嘆息，認為頭腦有問題。」這段話中，應用了映襯和類疊修辭法。「是我的，不怕牠跑開；不是我的，留也留不來。」這是兩方對比的「映襯」語：一方，「是我的」；一方，「不是我的」。其中「我的」一語反覆出現，為類疊修辭法的「類句」。

第二小節：「過了不久，走失的馬，帶回了一匹馬。鄰人都來道賀。他又說：『不必道賀，不必道賀。跑來的馬，也許會惹禍。』鄰人聽了又嘆息，認為頭腦有問題。」這兒的「不必道賀，不必道賀」，語句加強的反覆，屬於類疊修辭法的「疊句」；「鄰人聽了又嘆息，認為頭腦有問題」跟上一節末兩句相同，屬於隔離出現，為類疊修辭法的「類句」。

第三小節敘述新來的馬，讓老翁的兒子摔斷了腳，這是「得禍」的描寫；第四小節敘述老翁的兒子因腳斷不能作戰，免於戰爭的死傷，這是「避禍」的敘述。「禍」、「福」相對，為映襯修辭中的「一方兩對比」。其中「死的死，傷的傷」，為對偶修辭的「單句對」。「死的死」和「傷的傷」，每一句都可順讀也可逆讀，為回文的應用。

末段的「鄰人這時候才想起，老翁說的話有道理。老翁的想法變成歌，大家常常低聲唱和：『看得遠，看得遠，好事就會到眼前；看得開，看得開，壞事變成好事來。』」「看得遠，看得遠，好事就會到眼前；看得開，看得開，壞事變成好事來」，這是前後兩句相對的「對偶句」，也兼有反覆的「疊句」。

全首兒歌將發生過的往事，描形繪影的呈現出來，這是示現修辭法的「追述」示現。

兒歌品當

二、你能指出本首兒歌應用了幾種修辭法嗎？

一、謎底：塞翁失馬

二、本首兒歌應用了映襯、類疊、回文、對偶、示現等修辭法。

四四、野狼過河

湖邊有隻野狼，
島上有隻小羊。
野狼要吃小羊，
卻找不到橋梁。

野狼請烏龜搭橋梁，
答應請牠們吃羊腸。
烏龜們並排在湖上，
當起了野狼的橋梁。

野狼上了島上，
抓起烏龜往嘴裡嘗。
其他烏龜做鳥獸散，
不敢想要吃羊腸。

野狼吃光了小羊，
便想離開島上。
烏龜不再搭橋梁，
野狼便困死島上。

哪句話可以形容野狼？　想一想。

請你猜一猜，

兒歌品嘗

一、猜一句成語？（　　　）

過河拆橋

解釋　渡了河後，就拆除橋，比喻忘恩負義的人。

拆：卸除。

例句　他很講義氣，不是那種過河拆橋的人。

相似　忘恩負義、鳥盡弓藏

相反　以德報德、投桃報李、感恩圖報

修辭賞析

我們對達到目的以後，便把幫助他的人一腳踢開的行為，叫做「過河拆橋」。「過河拆橋」的人，會被人看不起。這首兒歌應用類疊、轉化、示現、譬喻、設問、對偶等修辭法，借野狼「過河拆橋」的行為，把寓意寫出來，供大家了解和提高警覺。

開頭前兩小節：「湖邊有隻野狼，島上有隻小羊。野狼要吃小羊，卻找不到橋梁。／野狼請烏龜搭橋梁，答應請牠們吃羊腸。烏龜們並排在湖上，當起了野狼的橋梁。」這段話裡，應用了轉化、類疊、示現等修辭法。

野狼跟烏龜商量，並答應請烏龜吃羊腸，這是把野狼和烏龜轉化為人的「擬人」法，為應用轉化的修辭法。

文句中的「野狼」、「小羊」、「橋梁」等詞，反覆隔離出現，為類疊修辭法的「類字」。

這個故事可說是想像的。將想像的事，繪形繪影，說得像正在眼前進行一樣，這是「懸想」的示現。

後三小節：「野狼上了島上，抓起烏龜往嘴裡嘗。其他烏龜做鳥獸散，不敢想要吃羊腸。／野狼吃光了小羊，便想離開島上。烏龜不再搭橋梁，野狼便困死島上。／哪句話可以形容野狼？請你猜一猜，想一想。」這段話採用了譬喻、類疊、設問、對偶等修辭法。

「其他烏龜做鳥獸散」的句子，應用了譬喻修辭法；「哪句話可以形容野狼？」是設問修辭法中的「懸問」；「請你猜一猜，想一想」的句子，「猜一猜」和「想一想」相對，為對偶修辭法的「單句對」兼類疊修辭法的「類字」。

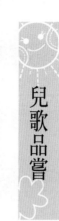

兒歌品嘗

二、你能指出本首兒歌應用了幾種修辭法嗎？

一、謎底：過河拆橋

二、本首兒歌應用了類疊、轉化、譬喻、設問、對偶等修辭法。

四五、老虎和驢子

從前有一隻驢子，
有個像馬的身子。
身材高高壯壯的，
叫聲宏宏亮亮的。

貴州有一隻老虎，
從沒有見過驢子。
有一天碰到驢子，
嚇得以為是怪物。

老虎躲到了暗處，
偷偷觀察了驢子；
驢子大叫了一聲，
嚇跑了這隻老虎。

老虎聽慣了驢聲，
漸漸消除了恐怖；
慢慢移向了驢子，
看驢子怎麼應付。

驢子發了大脾氣，
伸腳踢向了老虎。
老虎跳上了驢子，
大口的吃起驢子。

人們知道這件事，
都為驢子而嘆息。
只有一點兒本事，
卻不懂得去掩飾。

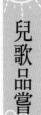

兒歌品嘗

一、猜一句成語？　謎底：（　　　　）

黔驢技窮

解釋　比喻有限的本領已經全部施展出來，再也沒有本領了。有時候可以當作謙虛客套的說詞。黔：指貴州省。

例句 真抱歉！我已經黔驢技窮，再也想不出好點子了。

相似 梧鼠技窮、機關用盡

相反 神通廣大

接龍 黔驢技窮→窮追不捨→捨近求遠

這則故事的出處是來自唐朝大文學家柳宗元「三戒」文章中的〈黔之驢〉一文，敘述黔地（今貴州省）本來沒有驢子，有人帶了一隻驢子來，當地的老虎看到驢子，把牠當作神、當作怪物的敬畏。日子久了，老虎試探驢子，驢子踢老虎一腳；老虎發現驢子只有這一點本領，就跳向驢子。黔驢因被老虎摸出底細，結果被老虎殺害了。從這個故事看來，每個人都應該充實自己的能力，別像這隻只靠外表壯大，虛有其表，卻沒有實力的驢子，遇到考驗就垮了。本首兒歌應用了示現、譬喻、對偶、類疊、頂真、轉化、婉曲等修辭法。

兒歌的第一小節：「從前有一隻驢子，有個像馬的身子。身材高高壯壯的，叫聲宏宏亮亮的。」這段句子綜合運用了示現、譬喻、對偶、類疊的修辭法。

示現修辭法，指的是把實際看不到、聽不著的事物，應用想像力，寫得可見可聞，活生生的出現在眼前。這首兒歌中的驢子也許是編出來，實際上不存在的，現在把牠敘述得好像在眼前，就是靠懸想而產生的，屬於「懸想」

的示現；即使實際上有這樣的一隻驢子，目前也已經不存在，現在把牠敘述得好像在眼前，也是屬於「追述」的示現。

「從前有一隻驢子，有個像馬的身子。」這句話的「本體」是「驢子有個身子」，「喻詞」為「像」，「喻體」為「馬」，本體、喻詞、喻體都有，這是譬喻修辭法中的「明喻」。

「身材高高壯壯的，叫聲宏宏亮亮的」這是對偶句兼類疊句，前後兩句字數相等，語法相似，屬於對偶修辭法中的「單句對」。「高高壯壯」和「宏宏亮亮」的「高」、「壯」、「宏」、「亮」，為類疊修辭法中「疊字」的應用。

第三小節：「老虎躲在了暗處，偷偷觀察了驢子；驢子大叫了一聲，嚇跑了這隻老虎」的句子，也綜合的運用了示現、頂真、轉化、類疊等修辭法。這段老虎觀察驢子，驢子嚇跑老虎的句子，實際上目前已經不存在的事，敘述得好像在眼前，屬於示現的修辭技巧。

第二句末的「驢子」一詞，成為第三句的開頭。這種一個詞當作兩句間的橋梁，屬於頂真修辭法中的「句間頂真」。

另外，「偷偷」這個詞，應該是用在人身上的，現在把它用來敘述老虎，這是把老虎轉化為人，因此，這是屬於轉化修辭法的「擬人」方式。至於「老虎」一詞反覆出現，又有類疊的「類字」修辭方式。

第四小節：「老虎聽慣了驢聲，漸漸消除了恐怖；慢慢移向了驢子，看驢子怎麼應付」的句子，應用了轉化、類疊的修辭法。句子中說老虎如何的消除恐怖，如何像人一樣的會應用計策對付驢子，這種把老虎當人來刻畫老虎的性格，就是用上了轉化修辭法的「擬人」技巧。至於句中「漸漸」、「慢慢」等詞，「漸、慢」字重疊，應用了類疊修辭法中的「類字」技巧。

第五小節：「驢子發了大脾氣，伸腳踢向了老虎。老虎跳上了驢子，大口的吃起驢子」，句子中，「驢子」一詞反覆出現，屬於類疊修辭法的「類字」應用；第二句末尾的「老虎」一詞，作為第三句的開頭，屬於頂真修辭法的「句間頂真」，可以使前後語意自然而緊湊的銜接。至於「老虎跳上了驢子，大口的吃起驢子」這句，寫出老虎吃驢子的事，婉曲的表達老虎不但不害怕了，反而樂得有美味吃的快樂心情，這是應用婉曲的修辭法來寫的。

兒歌品賞

二、你能指出本首兒歌應用了幾種修辭法嗎？

一、謎底：黔驢技窮

二、本首兒歌應用了示現、譬喻、對偶、類疊、頂真、轉化、婉曲等修辭法。

四六、砍光了南山的竹子

古時候，沒有紙，
記載事情常靠竹子。
竹子劈成一片片，
編在一起便成竹簡。
有了這些竹簡，
記載事情就方便。

有個人，叫李密，
他見暴君隋煬帝，
不管人民受凍挨餓，
只管自己吃肉喝酒；
人民生活水深火熱，
他還要抓人挖運河。

他要記載皇帝罪惡，
就舉了一個例子說：
南山的竹子多又多，
皇帝的罪惡比竹多；
砍光了竹子做竹簡，
皇帝的罪行記不全。

這句譬喻很生動，
後來大家常引用。

猜猜它是哪句話，
提起罪惡就想它？

兒歌品嘗

一、猜一句成語？　謎底：（　　　　）

罄竹難書

解釋　形容罪狀多到難以記載完成。罄：用光；用完。書：寫字；記載。

例句　恐怖份子製造暴動，破壞世界和平，所犯下的罪行罄竹難書。

相似

擢髮難數

相反

寥寥可數

接龍

罄竹難書→書不盡懷→懷璧其罪

修辭賞析

罄

竹難書這個成語，曾被誤用為「中性詞」或「褒義詞」，也就是說這個成語是表示「不好不壞」或「讚美人家」的詞；其實它是「貶義詞」，也就是貶斥他人的詞。「罄竹難書」的詞源是哪兒來的？現在應用頂真、類疊、對偶、映襯、借代、摹況、譬喻、設問等修辭法來表達。

「古時候，沒有紙，記載事情常靠竹子。竹子劈成一片片，編在一起便成竹簡。有了這些竹簡，記載事情就方便。」這一段的句子，綜合應用了誇飾、頂真、類疊等修辭法。

古時候沒有紙張，記載事情，有的是寫在龜殼或牛骨上（如甲骨文），有的是刻在金屬上（如金鼎文）、石頭上（如石鼓文），有的寫在布帛上，後來大部分寫在竹片上。這兒說古時候記載事情「常靠」竹子，表示「竹簡」的重要。

「記載事情常靠竹子。竹子劈成一片片」這句，「竹子」一詞當作兩句的接榫詞，這種用法屬於句與句之間的頂真，叫做「句間頂真」。

至於這段中的「竹簡」一詞，隔離出現，屬於類疊修辭法的「類字」。

第二小節：「有個人，叫李密，他見暴君隋煬帝，不管人民受凍挨餓，只管自己吃肉喝酒；人民生活水深火熱，他還要抓人挖運河」這段句子，活用了對偶、映襯、借代、摹況、誇飾等修辭法。

「不管人民受凍挨餓，只管自己吃肉喝酒」這兩句，前後句字數相等、語法相似，屬於對偶修辭法中的「單句對」；而「受凍挨餓」和「吃肉喝酒」的詞語，「受凍」和「挨餓」相對，「吃肉」和「喝酒」相對，也屬於對偶修辭法中的「句中對」。

至於「不管人民受凍挨餓，只管自己吃肉喝酒」這兩句，前一句的內容跟後一句的內容相對，富有對比的效果，用上了映襯的修辭技巧。

「受凍挨餓」借來代替「生活痛苦」；「吃肉喝酒」借來代替「生活享受」，應用了借代修辭法的「具體和抽象的相代」技巧。

「人民生活水深火熱，他還要抓人挖運河」這兩句，運用譬喻、對偶和摹況的修辭法。人民生活如何痛苦？詩歌中說：「像被浸在很深很深的水裡，或被丟在很熱很熱的火裡」，這是省略「喻詞」的略喻修辭法，也具有誇大事實的誇飾修辭特色；其次，以「水深火熱」形容人民的「痛苦」，這是摹況修辭法中的「觸覺摹寫」。

第三小節：「南山的竹子多又多，皇帝的罪惡比竹多」這個句子，除了

「多」字反覆隔離出現，應用類疊修辭法中的「類字」修辭方式外，這兩句還用上了映襯修辭法的「正襯」法。前句說南山竹子多，是「客體事物」，後句說皇帝的罪惡更多，這是作者要表現的「本體事物」。這種以性質相似的客體事物，襯托本體事物，也就是「以賓襯主」的「正襯」修辭。另外，「砍光了竹子做竹簡，皇帝的罪行記不全」這句，也用了誇飾修辭的「誇大」手法。

「猜猜它是哪句話，提起罪惡就想它？」這兩個句子，只提問題，沒附答案，用上了設問修辭法中的「懸問」方式；「猜猜」的「猜」字重疊，屬於類疊修辭法中的「疊字」特色。

兒歌品嘗

二、你能指出本首兒歌應用了幾種修辭法嗎？

一、謎底：罄竹難書

二、本首兒歌應用了頂真、類疊、對偶、映襯、借代、摹況、譬喻、設問等修辭法。

四七、冒牌貨上場

南郭先生口才好，
吹竽吹簫，
講得頭頭是道，
可惜卻吹不出一首曲調。

他聽說齊宣王愛聽歌，
尤其喜愛聽竽器合奏，
每次竽器合奏，
上台的總有三四百個。

吹竽的樂師工作少，
薪水卻是非常高。
南郭先生羨慕得不得了，
假裝自己吹得很好，
混進樂團，
也跟著吹竽吹簫。

事情過了好幾年，
老王過世，新王即位，
竽器的演奏有了改變。

老王喜歡團體合奏，
新王喜愛個人表演。
南郭先生怕露出馬腳，
帶著竽器趕忙逃跑。

沒有實際本領，
卻愛裝模作樣，
他的下場，
都會跟南郭先生一樣。

兒歌品嘗

一、猜一句成語？　謎底：（　　　　）

濫竽充數

解釋　比喻沒本領的人卻冒充有本領，或拿差的東西，混雜在好的東西裡面。有時也用作謙虛的說詞。竽：古代的吹奏樂器。

例句　濫竽充數，沒本事的人，遲早會露出馬腳。

相似　魚目混珠

相反　名副其實、貨真價實

接龍　濫竽充數→數以千計→計上心頭

修辭賞析

我們對沒有真才實學，卻混在一群人中冒充有本領的人，或是謙稱自己水準不夠，只是湊數而已的，都叫做「濫竽充數」。什麼是「濫竽充數」？它是怎麼來的？本首兒歌應用了類疊、對偶、借代、錯綜、鑲嵌、婉曲等修辭法，把它展現在小朋友面前。

「南郭先生口才好，吹竽吹簫，講得頭頭是道，可惜卻吹不出一首曲調。」這一段話，採用「先總後分」的寫作技巧。「總說」部分是第一句話的「南郭先生口才好」；「分說」部分採用舉例證明法，就是「吹竽吹簫，講得頭頭是道，可惜吹不出一首曲調」這些句子。這裡的「頭頭是道」是形容講話流暢、有條理，「頭」字重疊，為類疊修辭法的「疊字」。「吹竽吹簫」語句，「吹竽」和「吹簫」相對，為對偶修辭法的「句中對」。

第二小節的「他聽說齊宣王愛聽歌，尤其喜愛聽竽器合奏，每次竽器合奏，上台的總有三四百個」的句子，「聽」字隔離出現，為類疊修辭法的「類字」應用；「竽器合奏」隔離出現，為類疊修辭法的「類句」應用。

第三小節：「吹竽的樂師工作少，薪水卻是非常高。南郭先生羨慕得不得了，假裝自己吹得很好，混進樂團，也跟著吹竽吹簫。」句子中的「薪水」一詞，用上了借代修辭法，本來只指「打柴和汲水的報酬」，現在擴大為所有工作的酬金，這是「部分和全體的相代」。

「南郭先生羨慕得不得了，假裝自己吹得很好，混進樂團，也跟著吹竽吹簫。」這兒的「吹竽吹簫」除了是對偶修辭法的「句中對」外，「吹簫」一語是鑲嵌修辭法中的「配字」。所謂鑲嵌修辭法，指的是在某個詞語裡，故意插入虛字、數字、實字、特定字、同義或異義字，以延長其音節或暗示另一種異義的修辭法。這首兒歌說齊宣王喜愛聽「竽器合奏」，南郭先生混進樂團裡是吹竽器，不是吹簫，這兒的「吹竽吹簫」詞語，「吹簫」二字，是取它的字音來舒緩語氣，不用它的意義，屬於鑲嵌修辭法的「配字」。梁實秋先生曾寫過一句話：「把某一件事褒貶得一文也不值。」這兒的「褒」字是配字，也不用它的意義。

「老王喜歡團體合奏，新王喜愛個人表演」這兩句，字數相等，語法相似，屬於對偶修辭法中前一句和後一句相對的「單句對」。

「老王喜歡團體合奏，新王喜愛個人表演」的句子，第一句用「喜歡」一詞，第二句改用「喜愛」，這是錯綜修辭法「詞的錯綜」的應用，又叫做「抽換詞面」。錯綜修辭法就是說話或作文，特意避開整齊、均衡、雷同的語言形式，採用參差不齊、有所差別的語言表達，使語言有參差及變化之美。如果不把「喜歡」改成「喜愛」詞，寫成「老王喜歡團體合奏，新王喜歡個人表演」讓「喜歡」一詞反覆出現也可以，但就是少了變化。錯綜修辭法的構成，通常具有「引導體」和「隨從體」兩部分。引導體就是指語言形式的先行單位，如上一句的「喜歡」一詞；隨從體就是有別於引導體的變化語言，如第二句的「喜愛」一詞。

「南郭先生怕露出馬腳，帶著竽器趕忙逃跑。」「露出馬腳」表示洩露底細或機密。「馬腳」是指馬的一隻腳，現在借來代替機密、底細，屬於「借代」的修辭應用。「南郭先生怕露出馬腳」，也就是「南郭先生怕自己不會吹竽被發覺而露出底細」的意思，這是屬於婉曲修辭法中「曲折」的表達法。

兒歌品嘗

二、你能指出本首兒歌應用了幾種修辭法嗎？

一、謎底：濫竽充數

二、本首兒歌應用了類疊、對偶、借代、錯綜、鑲嵌、婉曲等修辭法。

四八、螳螂與黃雀

小知了，
愛歌唱，
吱吱吱吱唱不完。
唱不完，
惹麻煩，
引來一隻大螳螂。
大螳螂，
心歡歡，
躡手躡腳要捕蟬。

要捕蟬，
舉雙刀，
對準知了就要砍。
大黃雀，
跟後方，
衝來抓住大螳螂。
大螳螂，
沒吃蟬，
反成黃雀的大餐。

一、猜一句成語？　謎底：（　　　　）

螳螂捕蟬

解釋　比喻一心一意想害別人，沒想到另外有人也在算計自己。

例句　你老是捉弄同學，想不到這次是螳螂捕蟬，也被人捉弄了。

接龍　螳螂捕蟬→蟬不知雪→雪泥鴻爪

修辭賞析

本首兒歌的大螳螂，只看到眼前的知了，便專心一致的捕蟬，忘了身後的黃雀正要啄牠，結果不但沒吃到蟬，反而成為黃雀的大餐。人如果只顧眼前的利益，不去注意身後是否有危機，常常會像兒歌中的大螳螂，引來好大的麻煩。本首兒歌應用了借代、轉化、摹況、類疊、頂真、對偶等修辭法，將這個故事表達出來。

開頭的「小知了，愛歌唱，吱吱吱吱唱不完。唱不完，惹麻煩，引來一隻大螳螂」的句子，應用了轉化、摹況、類疊、頂真等的修辭法。「蟬」的叫聲很像「知了」的音，因此「知了」成為「蟬」的別稱，這是屬於借代的修辭法。小知了的鳴叫，把它稱做像人一樣在「歌唱」，這是把知了「擬人」，應用了轉化修辭法的「擬人法」。「吱吱吱吱唱不完。唱不完，惹麻煩」的「吱吱吱吱」是摹寫蟬叫聲，屬於摹況修辭法的「聽覺摹寫」，而「吱」字重疊，兼具類疊修辭法的「疊字」特色。「唱不完」一語，為第三句的末尾，也是第四句的開頭，這是頭尾的接榫語，屬於頂真修辭法的「句間頂真」。

第二小節的「大螳螂，心歡歡，躡手躡腳要捕蟬。要捕蟬，舉雙刀，對準知了就要砍」的句子，應用轉化、類疊、摹況、對偶、頂真、借代的修辭法。這兒把大螳螂擬成人，懂得像人一樣「心歡歡」、「躡手躡腳」，是轉化的修辭法；「心歡歡」的「歡」、「躡手躡腳」的「躡」，為類疊修辭法的「疊字」和「類字」；「躡手躡腳」本身是「小心」、「慎重」的具體表現，屬於摹況修辭法的「視覺摹寫」，而且，「躡手」與「躡腳」相對，為對偶修辭法的「句中對」；「要捕蟬」為上下句的接榫語，屬於頂真修辭法的「句間頂真」；「舉起前腳」說成「舉雙刀」，「雙刀」借代為「雙腳」，為借代修辭法的「事物特徵」的相代。

第三小節的「大黃雀，跟後方，衝來抓住大螳螂。大螳螂，沒吃蟬，反成黃雀的大餐。」「黃雀」一詞反覆出現，為類疊修辭法的「類字」；「大螳螂」一語為上下句的接榫語，為頂真修辭法的「句間頂真」。

一、謎底：螳螂捕蟬

二、本首兒歌應用了借代、轉化、摹況、類疊、頂真、對偶等修辭法。

四九、大螳螂

大螳螂，愛逞強，
裝模作樣，
自稱是昆蟲之王。
兩隻手臂像鋼刀，
東掃西掃，
昆蟲都受不了。
遇到蟲蟲擋住路，
伸出鋼刀，
嚇得對方趕快逃。
一天來到馬路旁，
看到車子，
一輛接著又一輛。
大螳螂，不自量，
舉起鋼刀，
對準車輪上前擋。

阿喲聲，沒發完，螳螂已見閻羅王。

兒歌品嘗

一、猜一句成語？　謎底：（　　　　）

螳臂擋車

解釋

比喻自不量力。螳臂：指螳螂有力的前腳。

擋：阻擋。

例句

唉！這場籃球比賽，我隊簡直是螳臂擋車，

怎麼可能贏呢？

相似

以卵擊石、自不量力

相反

泰山壓卵、量力而行

接龍

螳臂擋車→車水馬龍→龍馬精神

修辭賞析

大螳螂舉起手臂，想把車子擋下，結果會如何？大家都知道答案。我們對這種不自量力，盲衝盲撞的行為，叫做「螳臂當車」。螳螂為什麼要擋車？擋車的結果如何？本首兒歌應用轉化、對偶、借代、譬喻、鑲嵌、類疊、摹況、婉曲、示現等修辭法，將它表達出來。

第一小節：「大螳螂，愛逞強，裝模作樣，自稱是昆蟲之王」的句子中，首先將大螳螂擬人，說牠愛逞強、愛裝模作樣，是轉化修辭的「擬人」法。其次，「裝模作樣」詞語，「裝模」和「作樣」相對，是對偶修辭法的「句中對」；「昆蟲之王」借代為昆蟲中最偉大的意思，為借代修辭法的應用。

「兩隻手臂像鋼刀，東掃西掃，昆蟲都受不了」這個句群，「兩隻手臂像鋼刀」是譬喻修辭法的「明喻」。「東掃西掃」一語，是對偶修辭法的「句中對」；「掃」字隔離出現，兼有類疊的「類字」特色；東、西二字是為了拉長音節，加強語意的鑲字，應用了鑲嵌修辭法來修飾。

「遇到蟲蟲擋住路，伸出鋼刀，嚇得對方趕快逃。」這兒的「蟲蟲」為類疊的「疊字」；「鋼刀」，指的是可怕、銳利、附有鋸齒的螳螂前腳，應用了事物特徵的借代修辭法。

「一天來到馬路旁，看到車子，一輛接著又一輛。」要形容車子很多，句中的「看到車子，一輛接著又一輛」，這兒採用婉曲的「曲折」法，以紆徐的言辭來代替直截的表達，使文句與含義紆曲的修辭法。其次，句中「一輛接著又一輛」的詞語，應用了摹況和類疊修辭法。形容車子好多，也用了摹況修辭的「視覺摹寫」法，記錄為「一輛接著又一輛」；「一輛」的短語隔離出現，為類疊修辭法的「類句」應用。

「阿喲聲，沒發完，螳螂已見閻羅王」的句子，應用了摹況、借代和婉曲的修辭法。「阿喲」是屬於摹況修辭法的「聽覺摹寫」，簡稱「摹聲」，也就是記錄螳螂發出的慘叫聲。閻羅王是印度語翻譯的詞，專管地獄的神，「見閻羅王」借代為「已死」。另外，這兒把「螳螂已死了」說成「螳螂已見閻羅王」，這是婉曲修辭的應用。

本首兒歌將大螳螂伸手臂擋車的事，生動的演示出來，全篇除了應用擬人修辭技巧外，也將螳螂擋車子等想像的事情，說得像在眼前一般。這種應用「懸想」的方式，屬於修辭法的示現技巧。

兒歌品賞

二、你能指出本首兒歌應用了幾種修辭法嗎？

一、謎底：螳臂擋車

二、本首兒歌應用了轉化、對偶、借代、譬喻、鑲嵌、類疊、摹況、婉曲、示現等修辭法。

五〇、河蚌和鷸鳥

大河邊，有隻蚌，
張開外殼晒太陽。
天空上，有鷸鳥，
連忙撲下啄河蚌。

鷸鳥的嘴，
啄住蚌肉不放；
河蚌的嘴，
也夾住鳥喙不放。

鷸鳥說：
「今天不下雨，
明天不下雨，
就有死蚌。」

河蚌說：
「今天不放你，
明天不放你，
就有死鳥。」

兩個從早爭到晚，
誰也不肯略相讓。

漁翁得到好時機，
輕鬆把牠們都抓去。

兒歌品嘗

一、猜一句成語？　謎底：（　　　）

鷸蚌相爭

解釋 比喻雙方吵來吵去，誰也不肯退讓一步，結果兩敗俱傷，反而讓第三者獲得好處。鷸：一種長嘴的水鳥。

例句 商人競相打折，鷸蚌相爭之下，反而讓消費者撿了便宜。

相似

互不相讓

相反

你推我讓

接龍

鷸蚌相爭→爭先恐後→後來居上

我們對雙方相持不下，給第三者有機會得到好處的，叫做「鷸蚌相爭」。「鷸蚌相爭」的後面語言，常接「漁翁得利」這四個字。鷸蚌為什麼要相爭？結果如何？本首兒歌應用對偶、類疊、轉化、仿擬、示現等修辭法，將它表現出來。

這首兒歌讓鷸鳥和河蚌都會思考，會說話，這是轉化修辭的「擬人」法。

「鷸鳥的嘴，啄住蚌肉不放；河蚌的嘴，也夾住鳥喙不放。」這段句子裡，應用了對偶修辭法，也應用了類疊修辭法。句子中，「鷸鳥的嘴」與「河蚌的嘴」隔句相對，屬於「隔句對」的對偶。「嘴」字隔離出現，為類疊修辭法的「類字」；「不放」的短語也隔離出現，為類疊修辭法的「類句」。

「鷸鳥說：『今天不下雨，明天不下雨，就有死蚌。』」這些句子中，「今天不下雨，明天不下雨」是字數相等，語法相似的「對偶」句，前後句相對，為「單句對」；其中「不下雨」的短語隔離出現，還兼了類疊修辭法的「類句」。

「河蚌說：『今天不放你，明天不放你，就有死鳥。』」這是模仿上一小節的句式，在修辭學上叫做仿擬修辭法。

仿擬修辭法是為了使語言引人注意，故意模仿已有的詞、語、句、段、篇等的形式，創造出內容不同的新語文。仿擬修辭的組成要件有兩樣，一樣是原有的詞、語、句、段、篇的詞語或文章，這是屬於被仿的「本體」部分，如本首兒歌的第三小節內容；一種是仿擬出來的作品，如本首兒歌第四小節的作品，為模仿第三小節形式而寫出來的，屬於「仿體」。仿擬依照語文的組成結構，分為仿詞、仿語、仿句、仿段、仿篇等五種。本首兒歌是整段的仿擬，屬於仿段。

本首兒歌將鷸鳥、河蚌、漁翁的事，生動的演示出來，全篇除了應用轉化修辭的「擬人」技巧外，也將鷸鳥、河蚌間相爭，屬於想像性的事情，說得彷彿在眼前一般，這是「懸想」方式的示現修辭技巧。

兒歌品嘗

二、你能指出本首兒歌應用了幾種修辭法嗎？

一、謎底：鷸蚌相爭

二、本首兒歌應用了對偶、類疊、轉化、仿擬、示現等修辭法。

國家圖書館出版品預行編目資料

成語兒歌與猜謎 ／ 陳正治著. －－初版. －－

臺北市：五南，民 98.06

面；　公分

ISBN　978-957-11-5620-0（平裝附光碟片）

1.兒歌　2.兒童謎語

859.8　　　　　　　　　　98005928

成語兒歌與猜謎

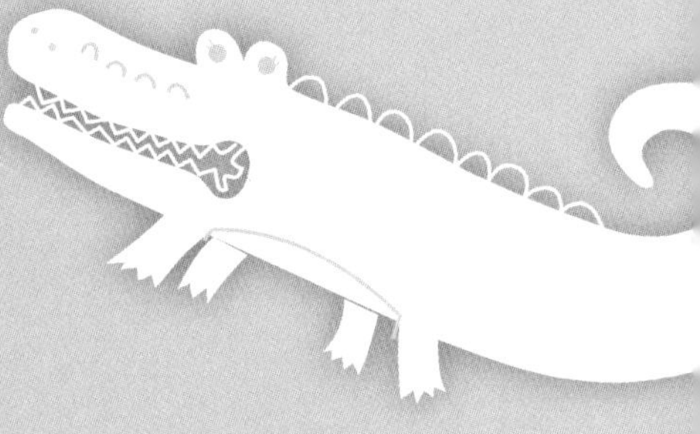

作者 陳正治 (250)
總編輯 龐君豪
執行主編 黃文瓊
封面設計 吳佳臻
出版者 五南圖書出版股份有限公司
發行人 楊榮川
地址：台北市大安區 106
和平東路二段三三九號四樓
電話：〇二－二七〇五五〇六六（代表號）
傳真：〇二－二七〇六六一〇〇
郵政劃撥：〇一〇六八九五－三
網址：http://www.wunan.com.tw
電子信箱：wunan@wunan.com.tw
顧問 元貞聯合法律事務所 張澤平律師
版刷 中華民國九十八年六月初版一刷
定價 三二〇元

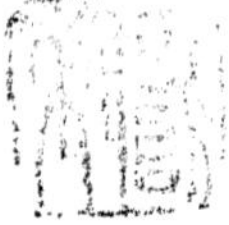

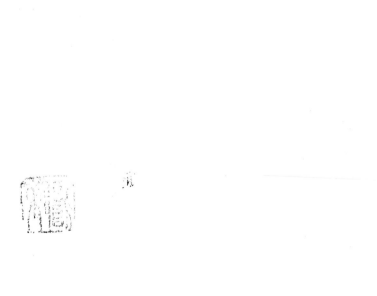

寫詩

宋朝有個神童，
名字叫方仲永。
三歲能讀書，
五歲能寫詩。

讀過的書，
就像印在腦子裡，
記得好牢好牢；
寫出的詩，
就像詩仙李白作的，
又快又好。

父親把他當作寶，
帶他到處去炫耀；
沒空讓他讀書，
無法繼續深造。

七年後，
他的詩，沒有從前好；
再七年，
他的詩，沒什麼奇妙。

小時候，聰明伶俐，
長大後，不一定成器。
猜猜哪一句話，
可以形容他？

1 （　）孔融是孔子的後代子孫。他十歲時，拜見大官李膺，對答如流，李膺和賓客都驚訝他的才學和機智。中大夫陳韙卻說：「小時了了，大未必佳。」孔融回答說：「想君小時必當了了。」陳韙臉紅而說不出話來。孔融接了陳韙的話題說，陳韙小時候一定是「小時了了」。意思是陳韙小時候聰明伶俐，現在的成就不是很好。後句的「大未必佳」省略不說，屬於「跳脫的修辭」。因此，現在提到「小時了了」的成語，暗藏了什麼意思？①聰明伶俐　②明白事理　③大未必佳　④鵬程萬里。

2 （　）這首成語兒歌，敘述方仲永小時候寫的詩如何快又好，長大後寫的詩卻沒什麼特色。他暗示了什麼意思？①聰明伶俐會妨害人　②父母親不要把聰明伶俐的孩子當做寶，到處炫耀　③「神童」大部分是平庸的　④雖然從小富有聰明才智，但是不繼續努力，長大後也沒什麼成就。

3 （　）「三歲能讀書，五歲能寫詩」的句子，上下兩句，字數相等，句法相似，就是對偶修辭法中，上一單句與下一單句相對的什麼修辭方式？①句中對　②單句對　③隔句對　④排比對。

4 （　）「讀過的書記得好牢」，詩歌中以「就像印在腦子裡」的方式來表現，這種修飾法，除了有「誇飾」的手法外，還採用了什麼修辭法？①轉化修辭法　②譬喻修辭法　③示現修辭法　④仿擬修辭法。

5 （　）「父親把他當作寶」的句子，「本體」是「父親把他當做不可多得的人才」，現在寫成：「父親把他當作寶」的詩句，以具體的「寶」字，代替抽象的「不可多得的人才」意思，應用了什麼修辭法？①借代修辭法　②誇飾修辭法　③譬喻修辭法　④錯綜修辭法。

6 （　）「小時候，聰明伶俐，長大後，不一定成器」的句子裡，小時候與長大後對比來寫，屬於「映襯」修辭法中的什麼修辭法？①對比　②正襯　③反襯　④側襯。

7 （　）「小時候，聰明伶俐，長大後，不一定成器」的句子裡，其中的「器」字，以具體的事物，表示抽象的「有用」意思，這是應用了什麼修辭法？①譬喻修辭法　②誇飾修辭法　③轉化修辭法　④借代修辭法。

成語兒歌閱讀測驗評量　第二回

補羊欄

楊家羊欄有一群羊，
一群羊撞壞了羊欄。
楊家沒修補羊欄，
卻忙著四處找羊。
→
楊家接二連三掉了許多羊，
搔頭抓耳不知怎麼辦。
鄰人過來看一看，
勸他趕快補羊欄。
→
楊家換了竹欄杆，
楊家補好了羊欄。
失去的羊雖然沒有找到，
但是再也沒有掉羊。

1（　）「亡羊補牢」的「牢」字，意思是什麼？①堅硬牢固的地方　②圈養牲畜的地方　③監獄　④古代稱祭祀用的犧牲品。

2（　）「亡羊補牢」的成語，告訴我們什麼意思？①養羊的人一定要修補羊圈　②掉了羊以後，才要修補羊圈就太晚了　③亡羊和補牢這兩件事都很重要　④出了問題以後，要快想辦法補救，免得再受損失。

3（　）「楊家羊欄有一群羊，一群羊撞壞了羊欄。」這兩句詩歌裡，第一句末尾的「一群羊」短語，作為下一句的起頭，這種修辭方式，屬於什麼修辭法？①回文 ②仿擬 ③對偶 ④頂真。

4 （　）「楊家接二連三掉了許多羊」，其中的「二、三」等數目字，插在「接連」的詞裡，成了「接二連三」的新詞語，表示連續不斷。這種修辭方式，屬於什麼修辭法？①對偶 ②頂真 ③鑲嵌 ④引用。

5 （　）「楊家接二連三掉了許多羊，搔頭抓耳不知怎麼辦」的句子中，「搔頭抓耳」表示心神不寧，焦躁而煩惱的樣子。這個詞語，「搔頭」和「抓耳」相對，屬於對偶修辭法中的什麼修辭方式？①句中對 ②單句對 ③隔句對 ④長偶對。

6 （　）「鄰人過來看一看」和「鄰人過來看看」、「鄰人過來看」意思都差不多，但是「鄰人過來看一看」的語意，在「看看」的詞語中加了一個無關緊要的「一」字，除了強調鄰人的關心外，還可以拉長詞語，使語氣舒緩。這種修辭法，是鑲嵌修辭法的什麼方式？①鑲字 ②嵌字 ③增字 ④配字。

7 （　）「失去的羊雖然沒有找到，但是再也沒有掉羊」的句子，「羊」字隔離出現，這種修辭法屬於類疊修辭的什麼方式？①疊字 ②類字 ③疊句 ④類句。

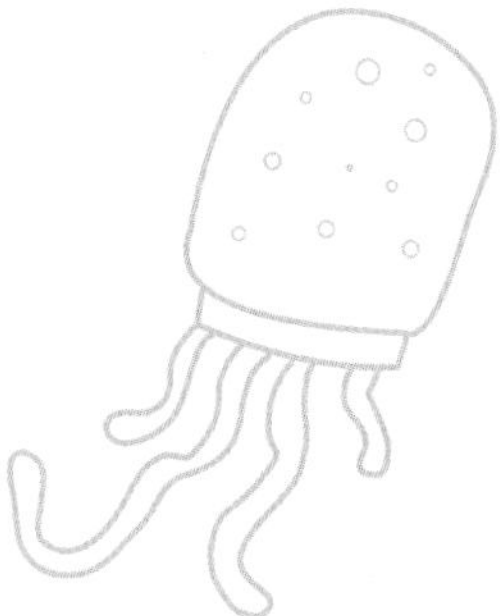

成語兒歌閱讀測驗評量　第三回

青蛙和蚊子

井裡有隻大青蛙，
牠沒有見過花草樹木，
牠沒有見過高山大河，
一天到晚只會自誇：
「我游幾下就到天涯。」

蚊子飛來告訴牠，
井外的世界更廣大。
青蛙說：「你別說謊話，
天只有井口大，
世界就在水井下。」

1 （　）「井底之蛙」的故事是說一隻青蛙在很小、很有限的井底下生活，結果見識淺薄。以下哪一句話跟它的意思相近？①見多識廣　②孤陋寡聞　③博學多聞　④天外有天。

2 （　）本首兒歌，把原來是物的蚊子和青蛙，轉化成人，讓牠們會思想，會講話，這是轉化修辭的什麼法？①比擬法　②擬物法　③擬人法　④擬虛為實法。

3 （　）「牠沒有見過花草樹木，牠沒有見過高山大河」這兩句話，上下語句字數相等，語法相似，屬於對偶修辭法的何種對偶？①單句對　②句中對　③隔句對　④排比對。

4 （　）「牠沒有見過高山大河」，「高山大河」詞語裡，「高山」對「大河」屬於對偶修辭法的何種對偶？①長偶對 ②排比對 ③單句對 ④句中對。

5 （ ）「牠沒有見過花草樹木，牠沒有見過高山大河」這兩句話，重複了「牠沒有見過」的語句，這是屬於什麼修辭法？
①疊字 ②疊句 ③類字 ④類句。

6 （ ）蚊子飛來告訴牠，井外的世界更廣大。青蛙說：「你別說謊話，天只有井口大，世界就在水井下。」由青蛙的話裡可以知道什麼意思？①青蛙仍是見識狹小 ②青蛙已知道井外世界更大 ③青蛙愛罵人 ④青蛙不愛朋友。

7 （ ）青蛙說的「天只有井口大，世界就在水井下」這兩句話，是採用縮小法，把「天」和「世界」縮得很小；句中沒有直接說「天和世界都很小」的語句。這是屬於什麼誇飾的修辭法？①直接誇大 ②直接縮小 ③間接誇大 ④間接縮小法。

成語兒歌閱讀測驗評量　第四回

農夫和路人

有個農夫巡瓜田，
看到有人蹲田邊。
左邊摸摸，右邊挖挖，
好像在偷瓜。
農夫上前去瞭解，
原來那人在穿鞋。

有個農夫巡果園，
看到有人站樹邊。
左邊摸摸，右邊舉舉，
好像在摘李。
農夫趕忙上前瞧，
原來那人在戴帽。

處處可以戴帽，
處處可以穿鞋，
為什麼偏愛果園下？
為什麼偏愛瓜田邊？
只怪路人欠考慮，
不怪農夫太多疑。

1（　）「瓜田李下」的詞面意思是：經過瓜田，不要蹲下穿鞋；走過李樹下，不要舉手整理帽子。這個建議是為了說明什麼？①瓜田旁或李樹下，設備不好，不方便行人穿鞋或整理帽子　②瓜田旁或李樹下，主要是供農夫或園丁工作的場

所，不是供行人穿鞋和整理帽子的地方
③在瓜田旁或李樹下穿鞋或整理帽子，容易引起他人產生偷瓜或摘李子的誤會
④瓜田旁有瓜，李樹上有李子，行人不要去摘瓜、摘李。

2（　）進入書店買書，最好手上不要帶著未包裝的書。這樣的作法，可以避免什麼困擾？①負載太重　②瓜田李下　③貪心不足　④下逐客令。

3（　）作者要描述偷瓜的情景，採用具體方式寫了「左邊摸摸，右邊挖挖」的句子。這是摹況修辭法中的哪一類摹寫？①視覺摹寫　②聽覺摹寫　③味覺摹寫　④觸覺摹寫。

4（　）「左邊摸摸，右邊挖挖」的句子，上下兩句，字數相等，句法相似，屬於對偶修辭法中的哪一類對偶？①句中對　②單句對　③長偶對　④排比對。

5（　）第一、第二小節的文句，字數相等、句法相似。其中：「有個農夫巡瓜田，看到有人蹲田邊」跟「有個農夫巡果園，看到有人站樹邊」相對；「左邊摸摸，右邊挖挖，好像在偷瓜」跟「左邊摸摸，右邊舉舉，好像在摘李」相對；「農夫上前去瞭解，原來那人在穿鞋」跟「農夫趕忙上前瞧，原來那人在戴帽」相對。共有三組兩兩相對的句子，屬於對偶修辭法的哪一類？①單句對　②長偶對　③排比對　④隔句對。

6（　）「處處可以戴帽，處處可以穿鞋」應用對偶兼類疊的修辭技巧。「可以」一詞，隔離出現，為類疊的哪一類？①疊

句　②疊字　③類句　④類字。

7 （　）「為什麼偏愛果園下？為什麼偏愛瓜田邊？」這兩句詩句，應用了設問、對偶和類疊的修辭法。這兩句都是以疑問句引起注意的修辭法，屬於設問修辭法中的哪一類？①懸問　②提問　③激問　④數問一答。

成語兒歌閱讀測驗評量　第五回

賣花郎，說花香

花市有個賣花郎，
愛誇自己的花最香。
他先捧著玉蘭花叫喊：
「我的玉蘭花，
花中之王，
世界最香。」
他又捧著茉莉花叫喊：
「我的茉莉花，
花中之王，
世界最香。」
客人問他：
「到底玉蘭花是花中之王，
還是茉莉花是花中之王？」
他支支吾吾的說：
「它們都是世界上最香。」

1 （　）矛和盾都是古代的兵器。矛有尖刃，用來刺殺敵人；盾是防護身體的武器，可以抵擋對方攻擊的刀箭。從前有個賣武器的人，先誇耀自己的盾很堅固，任何刀劍等都無法刺破；接著誇耀自己的矛，非常銳利，任何東西都可以刺穿。圍觀的人問他：「拿你的矛刺你的盾，

會怎麼樣?」他沒話說。這個故事濃縮成一句話,便是「自相矛盾」。下列哪則成語,跟它的意思相近?①自食其果 ②自怨自艾 ③自討沒趣 ④自相抵觸。

2（ ）這首兒歌的結構,先在第一小節總說:花市有個賣花郎,愛誇自己的花最香。接著在後面幾小節裡,多次分說自己的花如何香。這種結構,屬於下面的哪一種方法?①先總後分法 ②先分後總法 ③先總後分再總法 ④先分後總再分法。

3（ ）賣花郎說的「我的玉蘭花,花中之王,世界最香」、「我的茉莉花,花中之王,世界最香」。這些誇大渲染的話,跟客觀的事實不合。這種寫作,應用了什麼修辭法?①譬喻 ②轉化 ③誇飾 ④借代。

4（ ）第三小節的「他又捧著茉莉花叫喊:『我的茉莉花,花中之王,世界最香。』」這是模仿第二小節的「他先捧著玉蘭花叫喊:『我的玉蘭花,花中之王,世界最香。』」的形式。第三小節為依照已有段落形式而寫出的新語段,因此它是應用哪種修辭法?①引用 ②仿擬 ③譬喻 ④誇飾。

5（ ）「我的玉蘭花,花中之王,世界最香」這句,其中「花中之王」的「王」,代表「最尊貴」的意思。這是以具體的事物,代替抽象概念的什麼修辭法?①轉化 ②引用 ③借代 ④誇飾。

6（ ）第四小節的詩句:「到底玉蘭花是花中

之王，還是茉莉花是花中之王？」這是綜合修辭法中的「套用」。在這個語言裡，以什麼修辭法為主，然後再包含了「類疊修辭法」？①誇飾　②借代　③譬喻　④設問。

7
（　）最後一小節：「他支支吾吾的說：『它們都是世界上最香。』」的句子，「支吾」是表示說話應付搪塞，躲躲閃閃，含糊其詞。詩中把「支吾」兩字，各疊一次，變成「支支吾吾」，這是類疊修辭法中的哪一種應用。①疊字　②類字　③疊句　④類句。

成語兒歌閱讀測驗評量　第六回

愛操心的人

從前有個杞國人，
從早到晚愛操心。
一會兒擔心天塌下，
一會兒擔心地裂開，
一會兒擔心月亮不圓，
一會兒擔心太陽爆炸。
整天躲在屋子裡，
深怕出門被砸到身體。
吃也吃不好，
睡也睡不著。
臉色變得蒼蒼白白，
身體變得瘦瘦巴巴。
親戚朋友勸他把心放下，
卻沒有辦法改變他。

1 （　）「杞人憂天」的故事，要表現什麼意思？①杞國人比其他國人較會庸人自擾　②本來沒有的事，也可能引起憂慮　③表現不必要或沒有根據的憂慮　④做什麼事，都要「未雨綢繆」。

2 （　）這首兒歌的結構，先在第一小節總說：從前有個杞國人，從早到晚愛操心。接著在後面幾小節裡，多次分說他如何操心。這種結構，屬於下面的哪一種方

法？①先總後分法　②先分後總法　③先總後分再總法　④先分後總再分法。

3（　）這首兒歌中的詩句：「一會兒擔心天塌下，一會兒擔心地裂開，一會兒擔心月亮不圓，一會兒擔心太陽爆炸」四句的結構相近、語氣相同、內容相關而並列一起，屬於什麼修辭法？①對偶　②類疊　③誇飾　④排比。

4（　）「吃也吃不好，睡也睡不著」的句子，是綜合修辭法中的「套用」。在這個語言裡，以什麼修辭法為主，然後再包含了「類疊修辭法」？①排比　②對偶　③轉化　④譬喻。

5（　）「臉色變得蒼蒼白白，身體變得瘦瘦巴巴」的句子，也是綜合修辭法中的「套用」。在這個語言裡，以「對偶修辭法」為主，然後再包含了什麼修辭法？①譬喻和摹況修辭法　②誇飾和轉化修辭法　③摹況和類疊修辭法　④引用和象徵修辭法。

6（　）描述一件事物，事物的原來性質是物，就把它轉化為人；原來是人，轉化為物；原來是抽象的，轉化為具體的，然後加以描寫、敘述。這是什麼修辭法？①誇飾　②轉化　③象徵　④排比。

7（　）「親戚朋友勸他把心放下，卻沒有辦法改變他」的句子，「把心放下」的短語裡，應用了轉化修辭法中的什麼方式？①擬人法　②擬物法　③以人擬人法　④擬虛為實法。

成語兒歌閱讀測驗評量　第七回

呆板的人

有個人，很呆板。
一天晚上，
聽說冬天太陽好溫暖，
立刻衝到庭院去，
希望馬上嘗嘗看。
晚上怎麼有太陽？
這個他卻不去想。

有一天，
他帶寶劍去搭船，
一不小心寶劍滑落江上。
船上的人大聲喊：
「趕快找，還不晚；
要不然，沒希望。」
他卻笑著說：
「不要緊張，不要緊張，
我已在船上，
刻了寶劍滑落的方向。」

船到了岸，
他順著雕刻的方向，
下水找了老半天，
始終沒找到寶劍。
他摸摸頭說：
「好奇怪，好奇怪，
寶劍怎麼會不在？」

1（　）這首兒歌的第一小節先敘述「有個人，很呆板」的句子，接著接連敘述他幾件呆板的事情。這種結構的安排，屬於下類哪一種？①時間結構　②空間結構　③總分結構　④並列結構。

2（　）「刻舟求劍」這則成語的故事是要表達什麼意思？①表達「守株待兔」的重要　②表達做人要確確實實　③表達心胸要開闊　④表達固執刻板，不懂得變通的害處。

3（　）「有個人，很呆板。一天晚上，聽說冬天太陽好溫暖，立刻衝到庭院去，希望馬上嘗嘗看」的句子，把抽象事物的「溫暖」，比擬成具體的食物來品嘗，這是轉化修辭「擬虛為實法」中的什麼修辭法？①擬人法　②擬物法　③以人擬人法　④以物擬物法。

4（　）「晚上怎麼有太陽？這個他卻不去想。」前句話是問話，屬於「設問」修辭法中的什麼發問方式？①懸問　②激問　③疑問　④提問。

5（　）「好奇怪，好奇怪，寶劍怎麼會不在？」「寶劍怎麼會不在？」屬於「設問修辭法」中的什麼發問方式？①懸問　②激問　③提問　④反問。

6（　）詩句中「不要緊張，不要緊張」的語句，以及最後小節的「好奇怪，好奇怪」等語句，屬類疊修辭法中的什麼修辭方式？①疊字　②類字　③疊句　④類句。

成語兒歌閱讀測驗評量　第八回

自負的國王

從前有個小國，
國名就叫夜郎。
夜郎有個國王，
不知世界情況。

北方有個大國，
派來一位使者，
使者晉見國王，
國王帶他觀光。

他們登上城牆，
便向四方瞭望。
稻秧連著稻秧，
村莊連著村莊。

全國大好河山，
一下全已看光。
國王問問使者，
看後感想怎樣？

使者不便直講，
支支吾吾說道：
「看過了小池塘，
也要看大海洋。」

國王自認海洋，
別國卻是池塘；

於是趾高氣昂，
天天得意洋洋。

1（　）夜郎是漢朝時西南方的一個小國，國王自以為土地廣大，是個大國。「夜郎自大」的故事，暗示什麼意思？①富有自信、熱愛國家，不跟外國來往的人　②想法天真、熱誠可親，待人接物有禮貌的人　③見識短小、眼光如豆，不知世事而又妄自尊大的人　④蠻橫無理、喜愛做作，喜歡他人奉承的人。

2（　）第三小節的「稻秧連著稻秧，村莊連著村莊」的句子，以「對偶」修辭法為主，然後又包含了「類疊」的修辭方式。它要表現什麼意思？①「稻秧」好多　②「村莊」好多　③國家美景很多　④國家富庶和繁榮的氣象。

3（　）「使者晉見國王，國王帶他觀光」這兩句話，第一句末的詞為「國王」，第二句開頭的詞也為「國王」。這種修辭法叫做什麼？①回文　②頂真　③轉化　④仿擬。

4（　）「全國大好河山，一下全已看光」的句子。「一下」就是「一下子」的意思，表示時間很短。全國的大好河山不可能一下子就看完，這兒敘述一個國家的大好山河，一下子就看完，這是應用誇飾的「縮小」法及婉曲修辭法中「含蓄」的技巧，表示這個國家的疆域如何？①大　②小　③廣闊　④無邊無際。

5（　）「國王問問使者，看後感想怎樣？使者不便直講，支支吾吾說道：『看過了小池塘，也要看大海洋。』」這段話裡是綜合修辭中的「套用」。在這個語言裡，以什麼修辭法為主，然後又包含了「婉曲」、「類疊」、「借代」、「映襯」等修辭法？①相關 ②轉化 ③引用 ④設問。

6.（　）「國王自認海洋，別國卻是池塘」的句子，應用了借代的修辭法敘寫。「海洋」借代為什麼？①大國 ②小國 ③心胸開闊 ④心胸狹窄。

7.（　）「國王自認海洋，別國卻是池塘；於是趾高氣昂，天天得意洋洋」句中，「國王趾高氣昂，天天得意洋洋」是要表現國王得意的樣子。這兒敘述國王腳趾舉高、大步行走、神氣高昂的具體形象，是應用什麼修辭法寫出的？①轉化 ②借代 ③摹況 ④誇飾

成語兒歌閱讀測驗評量　第九回

王小弟學音樂

王小弟，想學琴，
拜託爸爸買鋼琴。
鋼琴彈了一個月，
覺得叮咚不好學，
便去學習小提琴。
提琴拉了一星期，
覺得聲音像殺雞，
就去學習吹直笛。
直笛吹了一下午，
又覺枯燥沒意思，
改去學習吹口琴。
口琴吹了一下子，
覺得嘴瘦好痛苦，
又想改學定音鼓。
樂器買了一大堆，
沒有一項真學會。
起頭興致沖沖，
最後草草收尾，
看得令人氣餒。

1 （　）這首成語兒歌要表現的是「虎頭蛇尾」的意思。「虎頭蛇尾」是比喻做一件事，開頭的時候興致沖沖，出的力氣像老虎的頭一樣大，到了後面，草草應付，花的力氣像蛇的尾巴一樣小。猜猜看，這個成語要表達什麼意思？①做事敷衍塞責 ②做事沒有目標，隨時變來變去 ③做事有始無終，缺乏恆心 ④做事貫徹始終，順利達成。

2 （ ）這首兒歌中第三行開端的「鋼琴」詞，頂接了前一行末尾的「鋼琴」詞；第六行開端的「提琴」詞，也頂接了前一行末尾的「提琴」詞。這種使語氣銜接，並富有上遞下接趣味的修辭法，叫什麼修辭法？①回文 ②頂真 ③層遞 ④類疊。

3 （ ）「鋼琴彈了一個月，覺得叮咚不好學，便去學習小提琴。」這句中的「叮咚」一詞，是摹況修辭法中的聽覺摹寫。在句中，它轉為借代的修辭，借來代替什麼意思？①直笛 ②口琴 ③小提琴 ④鋼琴。

4 （ ）「提琴拉了一星期，覺得聲音像殺雞。」這句話，除了採用誇飾修辭法形容聲音難聽外，還兼用什麼修辭法？①譬喻修辭法 ②頂真修辭法 ③摹況修辭法 ④轉化修辭法。

5 （ ）王小弟學音樂，先彈一個月的鋼琴，再拉一星期的小提琴，接著吹一下午的直笛，然後一下子的口琴，最後想學定音鼓。這種按時間多寡，有次序的排列學什麼樂器的句子，屬於什麼修辭法？①遞升的層遞修辭法 ②遞降的層遞修辭法 ③升降連用的層遞修辭法 ④並列的層遞修辭法。

6（　）這首兒歌中，有的詞語一再隔離反覆出現。例如第五行的「學習小提琴」，第八行的「學習吹直笛」，第十一行的「學習吹口琴」等句子，「學習」的詞，一再隔離出現，不但強調了「學習」的語意及貫串文意，收到呼應的效果，也可以使語言富有節奏美。這種同一個字詞一再的隔離出現，在修辭法上，屬於哪一種的類疊？①疊字　②疊句　③類字　④類句。

7（　）這首兒歌的材料組織方式（結構），前四小節分寫四個學不成音樂的事件，第五小節說出學不成音樂的癥結：「起頭興致沖沖，最後草草收尾」；也就是整首兒歌想表達的重點——「虎頭蛇尾」。這樣組織材料的方式，屬於下列的哪一種結構法？①先總說，後分說　②先分說，後總說　③先總說，後分說，再總說　④先分說，後總說，再分說。

成語兒歌閱讀測驗評量　第十回

一個讀書人的夢

從前有個讀書人，
名字叫做淳于棼。
日日夜夜嘴喃喃，
怎樣才能做大官。

一天醉倒槐樹坡，
忽然來到大槐國。
大槐國有南柯郡，
南柯郡卻缺太守。

國王封他為太守，
要他保衛大槐國；
又把公主嫁給他，
讓他真正有個家。

太守當了二十年，
快樂逍遙像神仙。
有兒有女萬事足，
日子過得好幸福。

一天敵人來侵犯，
太守帶兵去抵抗。
打了三天又三夜，
太守軍隊打敗仗。

屋漏偏逢連夜雨，
公主這時又身亡。

國王不再喜歡他，
太守只好回家鄉。

→

于棼回到家鄉時，
發現自己趴樹上。
剛才擔任太守事，
原來竟是夢一場。

→

槐樹下有螞蟻洞，
于棼扒開來細看。
南柯郡城大小路，
居然跟蟻洞一般。

→

于棼經過這件事，
讀書不再為做官。
充實自我最快樂，
于棼從此心安安。

1 （　）「南柯一夢」的語意，跟下面哪一個詞語相似？①夢想成真　②真相大白　③黃粱一夢　④南轅北轍。

2 （　）第一小節「整天整夜嘴喃喃，怎樣才能做大官」的句子，除了應用誇飾修辭法，將盼望做官的心聲寫出來外，還透過嘴，以「喃喃」的聲音表現。這是應用什麼修辭法寫的？①擬人　②擬虛為實　③類疊　④雙關。

3 （　）第二小節的「一天醉倒槐樹坡，忽然來到大槐國。大槐國有南柯郡，南柯郡卻缺太守」句子，第二句末的「大槐國」詞，是第三句的開頭；第三句末的「南柯郡」詞，又成為第四句的開頭。這種充當上下句銜接橋梁的詞語，應用了什麼修辭技巧？①頂真　②回文　③層遞　④雙關。

4（　）「太守當了二十年，快樂逍遙像神仙」的句子，它的本體是「太守當了二十年，非常快樂逍遙」，喻詞是「像」，喻體是「神仙」；本體、喻詞、喻體都具備了，這是採用了譬喻修辭法中的什麼方式表達的？①隱喻　②明喻　③略喻　④借喻。

5（　）「屋漏偏逢連夜雨，公主這時又身亡」的句子中，「屋漏偏逢連夜雨」這句話是「引用」俗語的句子，沒有說明出處，是屬於「引用」中的哪一種修辭法？①明引　②暗引　③化引　④詳引。

6（　）「屋漏偏逢連夜雨，公主這時又身亡」的句子中，「屋漏偏逢連夜雨」，這是「引用」的修辭法；這句話又含蓄的表達「禍不單行」，也就是倒楣的事接連到來的語意，因此也具有什麼修辭特色？①轉化　②誇飾　③借代　④婉曲。

7（　）「充實自我最快樂，于棼從此心安安」的句子，後句如果寫作：「于棼從此心安」，語意也清楚了。這兒把「心安」寫作「心安安」，除了加強「心安」的語意外，全句共為七字，跟上句七字相映，較富韻律美。這是應用了什麼修辭法寫的？①誇飾　②轉化　③借代　④類疊。

是鹿或是馬

趙高趙高真糟糕，
秦始皇，一死掉，
就把大權抓牢牢。
首先擁立胡亥做皇帝，
接著考驗大臣的心意。

他上朝帶了一隻花鹿，
皇帝問他為什麼帶鹿？
他說：
「這是馬，不是鹿，
請皇上，看清楚。」

皇上很驚訝，
以為眼昏花，
趕忙問大臣，
是鹿或是馬？

大臣怕趙高，
大家都說：
「這是馬，不是鹿，
請皇上，看清楚。」

指著太陽說月亮，
指著螞蟻說蟑螂。
混淆是非不像話，
趙高也沒好下場。

顛倒黑白可真差，
哪句成語形容它？
請你想一想，
再回答。

1（　）「指鹿為馬」的意思跟下面哪個詞語的意思離得最遠？①黑白不分　②不論是非　③混淆黑白　④貨真價實。

2（　）「趙高趙高真糟糕，秦始皇，一死掉，就把大權抓牢牢」的詩句，其中「牢」字重疊出現，應用了類疊修辭法中的什麼手法修飾的？①疊字　②疊句　③類字　④類句。

3（　）詩歌中要表現趙高大權在握，不把皇帝看在眼裡的跋扈特性，當皇帝問他為什麼帶鹿上朝時，他不但不就問題回答，反而強辯說是馬，不是鹿，並質問皇帝為什麼看錯？這種撇開正面，從側面敘述的表達方式，應用了什麼修辭法？①誇飾的「誇大」法　②誇飾的「縮小」法　③婉曲的「含蓄」法　④婉曲的吞吐法。

4（　）大臣怕趙高，大家都說：「這是馬，不是鹿，請皇上，看清楚。」這段句子中，「這是馬，不是鹿，請皇上，看清楚」的句子，複述前面趙高說的話語，屬於引用修辭法中的哪一類？①明引　②暗引　③化引　④直引。

5（　）「指著太陽說月亮，指著螞蟻說蟑螂」的上下兩句字數相等、語法相似，屬於對偶修辭法中的哪一類？①句中對　②單句對　③隔句對　④長偶對。

6
（　）「指著太陽說月亮，指著螞蟻說蟑螂」就是兩個「喻體」；跟第三句「混淆是非不像話」合在一起看，這是個省略「喻詞」，只有「本體」和「喻體」的譬喻，也就是譬喻修辭法中的哪一類？①明喻　②隱喻　③略喻　④借喻。

7
（　）最後一小節的「顛倒是非不像話，哪句成語形容它？」為提出問題而沒有答案，修辭的方式屬於設問修辭法中的哪一類？①懸問　②提問　③激問　④詰問。

成語兒歌閱讀測驗評量　第十二回

閣樓一把火

城門前有個大池塘，
池塘的水一片汪洋。
池水裡養了許多魚，
魚兒來往和樂安詳。

城門上有個大閣樓，
閣樓建築富麗堂皇。
城門前遊客熙熙攘攘，
大家扶老攜幼來觀賞。

閣樓有一天卻失火，
火光沖天，
十里外都可以看見。

行人遊客趕來滅火，
水桶一桶接著一桶，
池塘的水都被舀空。

火滅了，
水也光了，
池塘的魚遭殃了。
魚兒們一定想不通，
為什麼閣樓一把火，
會害牠們把命送？

1（　）下列哪個詞語的意思，跟「殃及池魚」的意思離得最遠？①波及無辜　②無妄之災　③城門失火　④稻秧受害。

2（　）「城門前有個大池塘，池塘的水一片汪洋」這兩句話中，「池塘」一詞為第一句的句末，也是第二句的句首，這是屬於什麼修辭法？①回文　②頂真　③雙關　④借代。

3（　）「池塘的水一片汪洋」，以「汪洋」形容池水，屬於什麼修辭法？①誇飾　②轉化　③借代　④雙關。

4（　）「城門上有個大閣樓，閣樓建築富麗堂皇」的句子，「樓閣」一詞為第一句的句末，也是第二句的句首，這是頂真修辭法中的什麼類別？①句中頂真　②句間頂真　③段間頂真　④章段頂真。

5（　）「城門前遊客熙熙攘攘，大家扶老攜幼來觀賞」，這兩句話中應用了「類疊」、「摹況」和「對偶」的修辭法。下面哪個詞語是對偶？①城門遊客　②熙熙攘攘　③扶老攜幼　④大家觀賞。

6（　）「水桶一桶接著一桶」的句子，「一桶」的詞語，隔離反覆出現，為類疊修辭法中的哪一類？①類句　②類字　③疊句　④疊字。

7（　）「魚兒們一定想不通，為什麼城門失火，會害牠們把命送？」這段話中應用了什麼修辭法？①誇飾和雙關　②象徵和雙關　③擬人和借代　④轉化和設問。

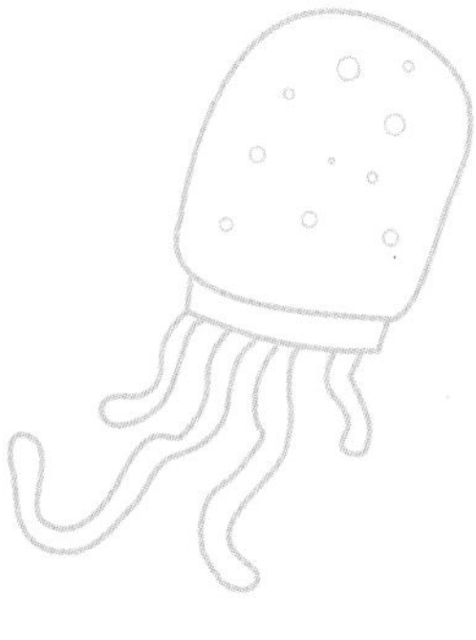

成語兒歌閱讀測驗評量　第十三回

好心的老農夫

鄉下有個老農夫，
生活過得好艱苦。
冬天沒有厚衣服，
常常凍得叫呼呼。

有一天下午，
太陽暖烘烘的照著，
老農夫在太陽下，
晒得好舒服。

他想到了國王，
不知道是否溫暖？
連忙把晒太陽的秘方，
飛快的呈獻給國王。

國王有熊熊的火爐，
國王有保暖的衣服。
國王不需要晒太陽，
就已得到溫暖。

國王聽了老農夫的秘方，
高興有人關心他的健康。
國王感謝老農夫，
也關心農夫幸福。

1 （　）「野人獻曝」是比喻什麼意思？①沒知識的人做的蠢事　②山野的人貢獻晒太

陽的錯事　③謙稱平凡人所能貢獻的普通事物　④表示不自量力。

2（　）這首兒歌依時間發生先後的次序敘述，以時間結構來說，它屬於什麼結構？①順敘　②倒敘　③插敘　④補敘。

3（　）「鄉下有個老農夫，生活過得好艱苦。冬天沒有厚衣服，常常凍得叫呼呼。」這段話中「凍得叫呼呼」的「呼呼」，是摹寫身體冷得發抖而叫出的聲音，屬於摹況修辭法中的什麼類別？①味覺摹寫　②嗅覺摹寫　③視覺摹寫　④聽覺摹寫。

4（　）「有一天下午，太陽暖烘烘的照著」這句，「暖烘烘」是形容陽光的溫暖，屬於摹況修辭法中的什麼類別？①味覺摹寫　②觸覺的摹寫　③視覺摹寫　④聽覺摹寫。

5（　）「他想到了國王，不知道是否溫暖？連忙把晒太陽的祕方，飛快的呈獻給國王。」整段句子的內容，暗示了非常關懷國王健康的心聲，這樣的敘寫，應用什麼修辭法？①設問　②誇飾　③婉曲　④借代。

6（　）「國王有熊熊的火爐，國王有保暖的衣服。」這個語言裡，包含了對偶、摹況及類疊三種修辭法。「熊熊的火爐」，表示火爐裡的炭火燒得很旺，使人感到溫暖，用「熊熊」來形容，這是採用摹況修辭法中的什麼方式來具體反映事物的情狀？①聽覺摹寫　②視覺摹寫　③觸覺摹寫　④味覺摹寫。

成語兒歌閱讀測驗評量 第十四回

嘴脣和牙齒

嘴脣和牙齒，
一對好同伴。
嘴脣靠牙齒，
才能顯豐滿；
牙齒靠嘴脣，
才不受風寒。

有一天，
牙齒碰傷了嘴脣，
牙齒不但不道歉，
反而怪嘴脣擋在前面。
牙齒不把嘴脣當朋友，
嘴脣提議大家分手。

從此以後，
牙齒失去了朋友，
在寒風中，
凍得發抖。

1（　）「脣亡齒寒」的表面意思是說嘴脣沒有了，牙齒就會感到寒冷。這個成語，暗示了什麼意思？①風馬牛不相及　②關係密切，修戚相關　③好朋友也會變心　④嘴脣和牙齒都很自私。

2（　）「嘴脣和牙齒，一對好同伴。嘴脣靠牙齒，才能顯豐滿；牙齒靠嘴脣，才不受風寒。」這段話的結構，先「總說」嘴

脣和牙齒是一對好同伴，接著「分說」它們如何使對方得到好處；這是「總分法」中的什麼結構？①先分後總 ②先總後分 ③先總後分再總 ④並列結構。

3（ ）轉化修辭法有擬人、擬物、擬虛為實法等三種。本首兒歌的寫作，屬於轉化修辭法中的什麼種類？①擬人 ②擬物 ③擬虛為實 ④鋪張。

4（ ）「嘴脣靠牙齒，才能顯豐滿；牙齒靠嘴脣，才不受風寒」的句子裡，第一句跟第三句對，第二句跟第四句對，這是屬於對偶修辭法中的什麼種類？①長偶對 ②單句對 ③句中對 ④隔句對。

5（ ）「嘴脣靠牙齒，才能顯豐滿；牙齒靠嘴脣，才不受風寒」的句子裡，「嘴脣」、「靠」、「牙齒」等詞，反覆出現，這是應用了什麼修辭法表現的？①對比 ②借代 ③轉化 ④類疊。

6（ ）「牙齒不把嘴脣當朋友，嘴脣提議大家分手。」「嘴脣」一詞隔離出現，屬於類疊修辭法中的①疊字 ②疊句 ③類字 ④類句。

7（ ）「從此以後，牙齒失去了朋友，在寒風中，凍得發抖」這段話裡，根據想像，把牙齒如何受凍的情形說得像真在眼前一樣，這是應用什麼修辭法寫的？①示現 ②雙關 ③譬喻 ④借代。

成語兒歌閱讀測驗評量　第十五回

畫蛇

吃鹹蛋，加鹽巴；
吃西瓜，吐渣渣。
大家都說不像話，
但卻有人這樣傻。

廟前有一壺酒，
人多，酒少，
不夠大家喝一口。
「誰先畫完蛇，
就請誰喝酒。」
主人這樣說，
大家都點頭。

有個人，畫完蛇，
拿起酒來就要喝，
看到別人畫得差太多，
便驕傲的說：
「把我的蛇，加上了腳；
你們的蛇，仍沒畫好！」

他正在畫蛇腳，
手裡的酒卻被搶跑。
一個已畫完的人說：
「加了腳，便不是蛇，
你沒有資格把酒喝。」

被搶走酒的人，

吞了吞口水說：
「我真糊塗，
畫了不必要的圖，
失去了美酒一壺。」

1（ ）這首兒歌，跟下面哪一個詞語的意思離得最遠？①多此一舉 ②足智多謀 ③畫蛇添足 ④弄巧成拙。

2（ ）「吃鹹蛋，加鹽巴；吃西瓜，吐渣渣。大家都說不像話，但卻有人這樣傻。」這首兒歌開頭寫了兩個多此一舉的事件，跟本首兒歌「畫蛇添足」的主旨相關，在映襯修辭法上屬於什麼修辭方式？①對比 ②正襯 ③反襯 ④側襯。

3（ ）「吃鹹蛋，加鹽巴；吃西瓜，吐渣渣」的句子，第一句和第三句相對，第二句和第四句相對，這是屬於「對偶」修辭法中的什麼修辭方式？①句中對 ②單句對 ③隔句對 ④排比對。

4（ ）把實際看不到、聽不著的事物，應用想像力，寫得可見可聞，活生生的出現在眼前的修辭法是什麼修辭法？①轉化 ②雙關 ③象徵 ④示現。

5（ ）「被搶走酒的人，吞了吞口水說：『我真糊塗，畫了不必要的圖，失去了美酒一壺。』」這兒敘述從前的故事，應用了下列哪一種修辭法？①示現 ②轉化 ③誇飾 ④雙關。

6（ ）「誰先畫完蛇，就請誰喝酒」這句話，「誰」字隔離出現，屬於類疊修辭法中的什麼修辭方式？①疊字 ②疊句 ③類字 ④類句。

成語兒歌閱讀測驗評量 第十六回

老虎和驢子

從前有一隻驢子，
有個像馬的身子。
身材高高壯壯的，
叫聲宏宏亮亮的。

貴州有一隻老虎，
從沒有見過驢子。
有一天碰到驢子，
嚇得以為是怪物。

老虎躲到了暗處，
偷偷觀察了驢子；
驢子大叫了一聲，
嚇跑了這隻老虎。

老虎聽慣了驢聲，
漸漸消除了恐怖；
慢慢移向了驢子，
看驢子怎麼應付。

驢子發了大脾氣，
伸腳踢向了老虎。
老虎跳上了驢子，
大口的吃起驢子。

人們知道這件事，
都為驢子而嘆息。

只有一點兒本事，
卻不懂得去掩飾。

1 （　）這首兒歌，跟下面哪一個詞語的意思離得最遠？①機關用盡　②黔驢技窮　③黔驢之技　④神通廣大。

2 （　）這首兒歌，把實際看不到、聽不著的事物，應用想像力，寫得可見可聞，活生生的出現在眼前。這種修辭法，屬於哪一類的修辭法？①雙關　②示現　③譬喻　④象徵。

3 （　）「從前有一隻驢子，有個像馬的身子。」這句話的「本體」是「驢子有個身子」；「喻詞」為「像」；「喻體」為「馬」。本體、喻詞、喻體都有，這是譬喻修辭法中的哪一類？①明喻　②隱喻　③略喻　④借喻。

4 （　）「身材高高壯壯的，叫聲宏宏亮亮的」這兩個句子，應用了下類哪兩個修辭法？①排比和類疊　②對偶和排比　③摹聲和飛白　④對偶和類疊。

5 （　）「老虎躲在了暗處，偷偷觀察了驢子；驢子大叫了一聲，嚇跑了這隻老虎。」這段老虎觀察驢子，驢子嚇跑老虎的句子，實際上目前已經不存在的事，敘述得好像在眼前，應用了什麼修辭技巧？①轉化　②雙關　③示現　④譬喻。

6 （　）「老虎聽慣了驢聲，漸漸消除了恐怖；慢慢移向了驢子，看驢子怎麼應付。」這種把老虎當人來刻畫老虎的性格，是運用了什麼修辭法？①轉化　②示現　③譬喻　④象徵。

成語兒歌閱讀測驗評量　第十七回

砍光了南山的竹子

古時候，沒有紙，
記載事情常靠竹子。
竹子劈成一片片，
編在一起便成竹簡。
有了這些竹簡，
記載事情就方便。

有個人，叫李密，
他見暴君隋煬帝，
不管人民受凍挨餓，
只管自己吃肉喝酒；
人民生活水深火熱，
他還要抓人挖運河。

他要記載皇帝罪惡，
就舉了一個例子說：
南山的竹子多又多，
皇帝的罪惡比竹多；
砍光了竹子做竹簡，
皇帝的罪行記不全。

這句譬喻很生動，
後來大家常引用。
猜猜它是哪句話，
提起罪惡就想它？

1

（　）恐怖份子炸毀了兩座摩天大樓，害死了

兩千多人，他們犯下的罪行，可用哪句成語形容？①幸災樂禍 ②見死不救 ③罄竹難書 ④血海深仇。

2 （ ） 「記載事情全靠竹子。竹子劈成一片片」這句，「竹子」一詞當作兩句的接榫詞，這種用法，屬於頂真修辭法的什麼類別？①句中頂真 ②句間頂真 ③段間頂真 ④章段頂真。

3 （ ） 「不管人民受凍挨餓，只管自己吃肉喝酒」這兩句，前後句字數相等、語法相似，屬於什麼修辭法？①譬喻 ②雙關 ③句中對 ④對偶。

4 （ ） 「不管人民受凍挨餓，只管自己吃肉喝酒」這兩句，前一句的內容跟後一句的內容相對，富有「對比」的效果，用上了什麼修辭法？①映襯 ②對偶 ③排比 ④象徵。

5 （ ） 「人民生活水深火熱，他還要抓人挖運河。」「人民生活如何痛苦？」詩歌中說是「水深火熱」。這句話除了有誇飾、摹況的修辭技巧外，還用上了什麼修辭法？①雙關 ②譬喻 ③頂真 ④回文。

6 （ ） 「南山的竹子多又多，皇帝的罪惡比竹子多。」前句說南山竹子多，是「客體事物」；後句說皇帝的罪惡更多，這是作者要表現的「本體事物」。這種以性質相似的客體事物，襯托本體事物，屬於「映襯」修辭法的什麼類別？①側襯 ②反襯 ③正襯 ④對比。

成語兒歌閱讀測驗評量　第十八回

冒牌貨上場

南郭先生口才好，
吹竽吹簫，
講得頭頭是道，
可惜卻吹不出一首曲調。

他聽說齊宣王愛聽歌，
尤其喜愛聽竽器合奏，
每次竽器合奏，
上台的總有三四百個。

吹竽的樂師工作少，
薪水卻是非常高。
南郭先生羨慕得不得了，
假裝自己吹得很好，
混進樂團，
也跟著吹竽吹簫。

事情過了好幾年，
老王過世、新王即位，
竽器的演奏有了改變。
老王喜歡團體合奏，
新王喜愛個人表演。
南郭先生怕露出馬腳，
帶著竽器趕忙逃跑。

沒有實際本領，
卻愛裝模作樣，

他的下場，
都會跟南郭先生一樣。

1 （　）這首兒歌的故事是敘述沒有真才實學的人，混在一群內行人中冒充，也就是「以假充真」的意思。下面的成語，哪一個最能表現它的意思？①不務實際　②濫竽充數　③虛虛實實　④浪得虛名。

2 （　）「南郭先生口才好，吹竽吹簫，講得頭頭是道，可惜卻吹不出一首曲調。」這一段話的敘述方式採用什麼結構？①先總後分　②先分後總　③先總後分再總　④先分後總再分。

3 （　）「他聽說齊宣王愛聽歌，尤其喜愛聽竽器合奏，每次竽器合奏，上台的總有三四百個」的句子，「聽」字隔離出現，為類疊修辭法的「類字」應用；「竽器合奏」隔離出現，為類疊修辭法的哪種應用？①疊字　②疊句　③類字　④類句。

4 （　）「吹竽的樂師工作少，薪水卻是非常高。」句子中的「薪水」一詞，本指「打柴和汲水的報酬」，現在擴大為所有工作的酬金；這種以「部分代全體」的修飾法，屬於什麼修辭法？①轉化　②象徵　③借代　④誇飾。

5 （　）「南郭先生羨慕得不得了，假裝自己吹得很好，混進樂團，也跟著吹竽吹簫。」這首兒歌說齊宣王喜愛聽「竽器合奏」，南郭先生混進樂團裡是吹竽器，不是吹簫，這兒的「吹竽吹簫」詞語，「吹簫」二字，是取它的字音來舒緩語氣，不用它的意義，屬於鑲嵌修辭法的什麼類別？①鑲字　②嵌字　③配字　④增字。

（6）「老王喜歡團體合奏，新王喜愛個人表演」的句子，第一句用「喜歡」一詞，第二句改用「喜愛」，這是說話或作文，特意避開整齊、均衡、雷同的語言形式，採用參差不齊、有所差別的語言表達，使語言有參差及變化之美。這是應用什麼修辭法？①錯綜　②轉化　③誇飾　④借代。

（7）「南郭先生怕露出馬腳，帶著竽器趕忙逃跑。」「南郭先生怕露出馬腳」這一句，也就是「南郭先生怕自己不會吹竽被發覺而露出底細」的意思，這是用上

了什麼修辭法？①借代

飾　④象徵。

成語兒歌閱讀測驗評量　第十九回

大螳螂

大螳螂，愛逞強，
裝模作樣，
自稱是昆蟲之王。

兩隻手臂像鋼刀，
東掃西掃，
昆蟲都受不了。

遇到蟲蟲擋住路，
伸出鋼刀，
嚇得對方趕快逃。

一天來到馬路旁，
看到車子，
一輛接著又一輛。

大螳螂，不自量，
舉起鋼刀，
對準車輪上前擋。

阿喲聲，沒發完，
螳螂已見閻羅王。

1 （　）下列詞語，哪一個的意思離這首兒歌最遠？①以卵擊石　②自不量力　③量力而行　④螳臂擋車。

2 （　）「大螳螂，愛逞強，裝模作樣，自稱是

昆蟲之王」的句子中，說大螳螂愛逞強、愛裝模作樣。這是「轉化」修辭的什麼表達法？①擬人 ②擬物 ③擬虛為實 ④以物擬物。

3（ ）「兩隻手臂像鋼刀，東掃西掃，昆蟲都受不了」這個句群，「兩隻手臂像鋼刀」是譬喻修辭法的什麼類別？①隱喻 ②明喻 ③借喻 ④略喻。

4（ ）「遇到蟲蟲擋住路，伸出鋼刀，嚇得對方趕快逃。」這兒的「鋼刀」，指的是可怕、銳利、附有鋸齒的螳螂前腳。這兒應用了事物特徵的什麼修辭法？①誇飾 ②譬喻 ③轉化 ④借代。

5（ ）「一天來到馬路旁，看到車子，一輛接著又一輛。」要形容「車子很多」，句中的「看到車子，一輛接著又一輛。」以紆徐的言辭來代替直截的表達，使文句與含義紆曲。這兒採用的「曲折」方式，屬於什麼修辭法？①示現 ②轉化 ③婉曲 ④雙關。

6（ ）「阿喲聲，沒發完，螳螂已見閻羅王」，閻羅王是印度語翻譯的詞，專管地獄的神。本首兒歌應用借代修辭法，把「見閻羅王」的詞語，借代為什麼意思？①死亡 ②升官 ③作夢 ④旅遊。

7（ ）本首兒歌，將大螳螂伸手臂擋車的事，生動的演示出來。全篇除了應用擬人修辭技巧外，也將螳螂擋車子等屬於想像的事情，說得真在眼前一般，這種應用「懸想」的方式，屬於什麼修辭法？。①譬喻 ②示現 ③轉化 ④誇飾。

成語兒歌閱讀測驗評量　第二十回

河蚌和鷸鳥

大河邊，有隻蚌，
張開外殼晒太陽。
天空上，有鷸鳥，
連忙撲下啄河蚌。

鷸鳥的嘴，
啄住蚌肉不放；
河蚌的嘴，
也夾住鳥喙不放。

鷸鳥說：
「今天不下雨，
明天不下雨，
就有死蚌。」

河蚌說：
「今天不放你，
明天不放你，
就有死鳥。」

兩個從早爭到晚，
誰也不肯略相讓。
漁翁得到好時機，
輕鬆把牠們都抓去。

1 （　）鷸蚌相爭的故事，要表達什麼意思？
①飛禽、貝類的動物，比較單純　②小

不忍，則受害　③告訴大家要和平相處　④兩者相爭不止，反而給了他人得利的機會。

2（　）這首兒歌，讓鷸鳥和河蚌都會思考，會說話，這是轉化修辭中的什麼手法？①擬人　②擬物　③擬虛為實　④以物擬物。

3（　）「鷸鳥的嘴，啄住蚌肉不放；河蚌的嘴，也夾住鳥喙不放。」這段句子裡，「鷸鳥的嘴」與「河蚌的嘴」隔句相對，屬於對偶修辭法的什麼類別？①句中對　②隔句對　③單句對　④長偶對。

4（　）「鷸鳥的嘴，啄住蚌肉不放；河蚌的嘴，也夾住鳥喙不放。」這一句，「嘴」字隔離出現，為類疊修辭法的哪一類？①疊字　②疊句　③類字　④類句。

5（　）「鷸鳥說：『今天不下雨，明天不下雨，就有死蚌。』」河蚌說：『今天不放你，明天不放你，就有死鳥。』」河蚌說的話是模仿鷸鳥說的話，這樣的模仿，在修辭法上，叫做什麼？①雙關修辭法　②譬喻修辭法　③轉化修辭法　④仿擬修辭法。

6（　）「河蚌說：『今天不放你，明天不放你，就有死鳥。』」其中「不放你」的短語隔離出現，這是屬於什麼修辭法？①對偶　②類疊　③雙關　④飛白。

7（　）本首兒歌，將鷸鳥、河蚌間相爭，屬於想像性的事情，說得真在眼前一般；這是應用了什麼的「示現」修辭技巧？①追述的示現　②預言的示現　③懸想的示現　④實景的示現。